せわしなく動く手も、妙に荒い息遣いも、鷹司じゃないみたいでこわい。

「やだ…やだったらっ……本当にや……鷹ちゃ…こわい」

無意識のうちに、幼いころの呼び名で呼ぶ。　（本文より）

SHY NOVELS

チェリッシュ

篠 稲穂

イラスト 門地かおり

CONTENTS

チェリッシュ

夏草がぼうぼうに生えているグラウンド脇の小道を、僕はうつむきがちに歩いていた。

グラウンドにいる野球部の三年生、荏原鷹司《えばらたかし》と目が合わないように、ひたすらに足元の雑草をかきわけていく。

僕、浅海行也《あさみゆきや》が今年入学した県立城南《じょうなん》高等学校は、創立百年を誇るおんぼろ学校だ。校舎は古く、敷地内のあらゆる設備は旧式で、とりわけグラウンドは水捌《みずは》けが悪いから、雨が小一時間降っただけでグチャグチャになってしまう。今日みたいな雨上がりの日には、こんな練習場でよく野球部は甲子園をねらえるものだと感心するくらいひどいありさまになる。

二年前、豪腕《ごうわん》ピッチャーの荏原鷹司が入学するまでは、定員割れで廃校寸前の高校だった。150キロの豪速球を投げる彼が野球部を強くしたおかげで、学校全体の知名度が上がり入学希望者は急増中だから、学校側はもろ手を挙げて喜んでいる。

僕の代の入学案内のパンフレットでは表紙を飾っている彼だけれど、僕は城南のエースに憧れて入学してきた口じゃない。

僕が赤ちゃんで、鷹司が二歳。そんな時分からの付き合いを、うんざりしているくらいのもので憧れるはずもない。

本当のところ、高校こそは鷹司のいないところへ行こうともくろんでいたのに、なんだかわけのわからないことを言われて同じ学校に通うはめになっていた。

あれは忘れもしない今年のお正月、ちょうど半年前のことだった。

『ユキッ、おまえ、城南を受験しないって本当なのかっ?』

新年早々に僕の部屋に飛び込んできたのは、二歳年上の幼なじみの鷹司だった。大きな病院の一人息子は年始のあいさつのために晴れ着を着せられていて、体格がよいからダークスーツがよく似合っている。

『あっ…けまして、おめでとう』

受験生らしくお正月から机に向かっていた僕は、鷹司の突然の訪問にびっくりして変なあいさつをしてしまう。

『なにがおめでとうだ。ユキがうちの学校に来ないんじゃ、全然めでたくなんかねぇ』

怒っているのか、顔が紅潮している。

こうなることはだいたい想像していた。

鷹司が通っている高校を受験しないのを伝えたら、うるさいことを言われる気がしていた。

鷹司は、幼なじみの僕が同じ学校に来るのはあたりまえで、違うところへ行くなんてとんでもない話だと思っているふしがあった。幼なじみが同じ学校に通うのはおかしな話ではないとしても、あたりまえとはいえないと僕は思うのだけれど。

うるさいのはいやだから受験するギリギリまで黙っているつもりだったのに、どうしてばれてしまったんだろう。

『誰に聞いたの？　うちのパパ？　パパ以外に話してないんだけどな』

『やっぱり、隠してやがったんだな。城南だったらユキは楽々入れるはずなのに、去年からずいぶん根詰めて勉強してるみたいだったし、まして正月も勉強なんて絶対おかしいと思ってたんだ。パパさんからユキが勉強を頑張り過ぎてて体が心配だって聞かなきゃ、危うく気づかねぇで違う高校に行かれるところだった。…ユキは城南以外には行かせねぇぞ。俺の目の届かないとこには行かせねぇんだから、おとなしく城南に来い』

『……僕、城南には行かない』

城南よりも偏差値で言えば10も高い高校を受験するために、せっかくここまで勉強を頑張ってきたのだし、願書はすでに先生に書いてもらってある。なにより、僕はこのうるさい幼なじみのいないところへ行きたいのだから。

『馬鹿言うな！　待ってたんだから、城南に来い！』

鷹司に大声で怒鳴られるのは久しぶりだった。驚きのあまり、僕はキョトンとしてしまう。

『よその学校に行って、悪いやつにたぶらかされでもしたらどうするんだ！　俺が見張っていない間に、あんなこともこんなこともされて…だめだっ、そんなの絶対だめだっ！　ユキの初めては俺って決まってるんだ！』

『なに言ってるの？　僕の初めてってなんのこと？』

わけがわからないと首をかしげる。

『なんでもいいから、来いったら来い！　どうしても来ないって言うなら、もう待たないで、今すぐ犯してやるんだから！』

何をそんなに興奮しているのか知らないけれど、内容が変だ。

犯すなんて、とんでもない発想はどこからきたんだろう。

まさかそんなことをするはずがないとは思うけれど、目が血走っていて何かされそうな雰囲気がないでもない。

『でも、願書書いてもらっちゃったし』

そら恐ろしさを感じて、イスを回して背を向ける。とたんに、後ろから抱きすくめられた。

『うるせぇ、まだ締め切り前だ。もういっぺん書いてもらえ』

『そんなの無理だ。…苦しい』

だいたい城南なんて、伝統があるということの他にはなんの特徴もない学校だ。鷹司こそどうして二年前に城南を選んだのか疑問に思ってしまうくらいだ。

鷹司は中学時代から全国区で知られる選手だったから、野球で有名な私立高校から推薦入学の誘いがいくつもきていた。家から歩いて通えるというだけが利点の、ナイター照明もない城南へ入らなくてもよかったはずだ。

僕が家から一番近い県立高校を選ぶと見越して、先回りしていたなんて考えたくはないのだけれど、今の鷹司の台詞はそんなふうに聞こえてしまう。

『どうしても来ないって言い張るなら、本当にこのままやっちまうぞ。いいのかよ』

ギュウギュウ締め上げられ、気を失いそうだった。

『うぅ…やだ』

『じゃあ、城南に来るって言え。俺のそばにいるって言え』

さらに腕に力を込められ、ふっと気が遠くなりそうになる。このままだと死んでしまう。高校まで鷹司と一緒なのはいやだけれど、こんな若さで死ぬのはもっといやだった。

『うぅ…行く。行くからもう…』

『絶対だな？　絶対来るな？』

『う…ん…』

うなずいたとたん、ガクッと体から力が抜けた。

『ユキ？　おい、どうした？　おいって、ユキッ、ユキッ、ユキッ！』

こうして僕の進路は、気絶する寸前に城南高校に変更になってしまったのだった。


「ユキッ」

グラウンドから声をかけられ、僕ははっと我に返った。

いつもなら聞こえないふりをして通り過ぎるのだけれど、ぼんやりと思い出していたせいで、呼ばれるままにうっかり顔を上げてしまった。

目が合うなり、鷹司はわざわざ投球練習を中断して、こっちに向かって歩いてきた。

上背の高さやしっかりとした胸板、腰回りの骨太さを誇示するつもりはないのだろうけれど、胸を張って悠々と歩いてくる。

凛々《りり》しくも整い過ぎていない顔付きは、どことなくかわいげがあるから、人好きしてもよさそうなものだけれど、とても目付きが悪いので人は寄り付かない。

テディベアを凶暴な目付きにした風貌の彼は、その目付きどおり本当に乱暴者だ。

小学四年で野球を始めてからは流血沙汰のケンカはしなくなったものの、それ以前は手のつけられない暴れん坊だった。なまじ子供のころから体が大きかったので、ケンカになると被害は大きい。髪を毟《むし》って相手の子の頭にハゲを作るとか、殴りつけて歯を折るとか、蹴りつけて足の骨を折るとかはしょっちゅうだった。

親が注意しても言うことを聞かないどころか、逆ギレして親にも殴りかかっていくやんちゃぶりだ。彼のまわりで殴られたことがないのは僕だけで、かろうじて止められるのも僕だけだったから、奇跡的だとか貴重だとか、ことあるごとに言われた。特に鷹司の両親からは重宝がられ、一時期は養子縁組の話まで飛び出したほどだった。

周囲に言われなくたって、僕が鷹司に気に入られていることくらいわかっている。人前では決して笑わない彼が、僕と二人きりになると顔をくしゃくしゃにして笑うのだから。

笑うと目が半月になり、綺麗にそろった白い歯がのぞく。笑顔はびっくりするくらい愛らしくて、僕は『クマちゃん』というあだ名をこっそりとつけている。

「ユキ、ユキッ。おい、こらっ、ユキッ、聞こえてんだろ！」

頭上から怒鳴られ、僕は軽くため息をつく。

自分の所有物を呼び寄せるような偉《えら》そうな口調は、子供のころから少しも変わらないんだから。

「怒鳴らなくたって聞こえてるよ」

「じゃあ、こっち向け。俺の目を見て返事しろ」

「なに？」

僕は観念して、背の高い鷹司を見上げる。

「なに、じゃねーの。一回で返事しろって」

「かけ声とか、ボールを打つ音とか、いろんな音に交じって聞こえなかったから」

「澄ました顔で言いやがって。俺がそのかわいいお澄まし顔に弱いのわかってて言ってるんじゃねぇだろうな。ウソだったら、許さねぇぞ」

童顔なのにどうしてか澄ましているように思われてしまう顔を、変なふうに形容されるのは慣れている。だけど、自分だってクマちゃんのくせにと、心の中でだけ言い返しておく。

「ウソだったら、殴る？」

殴られたことはないから、僕は少なからず高《たか》を括《くく》って言う。

「まさか。ウソつかなくなるまで、顔中ベロベロなめてやる」

思わずギョッとすると、してやったりという顔をされる。

なんとなくくやしいのだけれど、そうそう反抗もできなかった。本当にやりかねないから。

鷹司はどんな手段を使っても、言うことを聞かそうとするところがある。手段といっても、城南に入学するかしないかで揉めたときみたいなのは稀《まれ》なケースで、気絶させられたのは後にも先にもあれきりだった。本人も不本意だったらしく、あのあと鷹司のほうが真っ青な顔をしていたくらいだ。

力業《ちからわざ》よりは、くすぐられたり、キスをすると脅《おど》されて言うことを聞かされることのほうが多い。それはそれで、すごくいやなのだけれど。

いくら幼なじみでも、少しずつ離れていって、いつか遠ざかってしまいたいと思うのは仕方がないと思う。

「……本当に聞こえなかったんだよ」

「そういうことにしといてやるか。…あーあ、この暑いのに、ネクタイなんか締めてんなよ。こんなもん夏場にまともにしてるやつがあるか」

あきれ顔になった鷹司は、僕の喉元のシャツの内側に無骨な指を突っ込んでくる。

「苦しいよ」

「こらっ、逃げるな」

指一本でネクタイを緩められ、ついでに第一ボタンも外される。

「これでいい。少しは涼しいだろ？」

顔をのぞき込みながら、シャツの襟元をバタバタして風を送ってくれる。

「…もう帰る」

なるべく逆らわないようにしつつも、ころあいを見計らって言う。やっぱり、むっとされてしまったから、あわてて付け加えた。

「だって、さっきからサンジさんがこっち見てるよ」

グラウンドにいる野球部の部長、榎木田《えのきだ》三治《みつはる》さんのほうに視線をやる。

サンジさんは、こっちを見てはいても、ずっと鷹司とバッテリーを組んでいるキャッチャーだけあって、鷹司を強引に連れ戻す気はなさそうな顔付きだった。

直接話したことはないけれど、恰幅のよい見た目どおりの、おおらかで面倒見のよい人なのだろう。そうじゃなければ、気性の荒いこのエースピッチャーをうまく引き立てられるはずがないし、野球部をまとめあげることはできない。

「ちょっとくらいサボッても、サンジはうるせぇこと言わねぇよ」

「そうかもしれないけれど…」

本当のところさっきから気になっていたのは、サンジさんより、そのとなりにいる平石《ひらいし》徹《とおる》だ。

ポスト荏原として鳴り物入りで入学してきた、期待の一年生ピッチャー。

僕は平石と同じクラスなのだけれど、入学してから三カ月たっても、まだ口を利いたことがない。何故かときどきすごい目でにらまれてしまうので、話しかけるのをためらっている。

坊主頭の美形というだけで、なんだか特異な雰囲気があるのに、薄茶色の瞳でにらみつけられると、かなりすごみがあってこわい。

ピッチャーなんてどれもこれも複雑怪奇な生き物なのだろうから、あまりかかわり合いになりたいとは思わないのだけれど、それにしても今日の目付きは尋常じゃなかった。

「ぼちぼち戻るから、気にすんなって」

あごを持たれて、真正面を向かされる。

「それより、今日の夕飯ユキんちで食べるから、俺の分も作って待ってろよ」

「えっ」

思わずいやそうな声を出してしまうと、にらみつけられた。

「今日は来ても、おかずないんだ。お米しかない」

「なんだ、ユキんちまたピンチなのか」

「月末だし、パパの風邪が長引いていて仕入れに行けないからね」

「そっか。…馬鹿、情けない顔すんな。俺、いったん家に帰って、なにかおかずになりそうなもん持っていってやるから」

「そんなつもりで言ったんじゃないんだ」

月末にお金がなくなってしまうのはいつものことなのだから、情けない顔なんかしていないつもりだった。

「そうじゃなくて、鷹司は自分の家で食べなってこと」

「七時半に行く」

一歩も引かないかまえを見せられ、僕は軽く目を伏せる。

「わかったな?」

鷹司は、僕がうなずくのをきっちり確認してから、グラウンドへ戻っていった。

大きな背中を見送りながら、僕はそっとため息をつく。

突然来ると言い出すのはいつものことだけれど、今日は本当に来て欲しくないのに。

今日は、運動をしている鷹司のおなかを満足させられるだけのおかずが用意できない。食材を買うお金がないのだ。家計を預かっている僕のお財布の中には、二百三十二円しか入っていない。

何もかも承知の幼なじみに、いまさら見栄を張る必要もないのだろうけれど…。

僕はとぼとぼと歩き出した。

僕の家は地元の商店街で十五年も花屋を営んでいるけれど、父があまりにも商売が下手で、貧乏から脱出できたためしがなかった。母はあまりの貧乏さにとうとう愛想が尽きたのか、四年前から新潟の実家に帰ってしまっている。当時小学六年生だった僕を一緒に連れて帰ろうとしてくれたのだけれど、生活能力の乏しい父が心配で僕は自分から家に残ったのだ。

貧乏な僕の家と違って、鷹司の家は昔から裕福だ。両親共に医者で、駅前の一等地に大きな病院『荏原外科内科クリニック』を開業している。両親は忙しくても、家政婦さんがいるのだから、自分の家で食事をしたほうが美味しいものにありつけるだろうに、鷹司はときどき思い出したように僕の家に夕食を食べに来る。

「あれ？　これってハーブかな？　…うん、ハーブだ。すごい、こんなにたくさん生えてる！」

僕は思わず歓声を上げた。草がぼうぼうの足元に、野生のニラが群生していた。

たとえ貧乏でも、こんなときは植物を見わけられる花屋の息子でよかったと思う。

ニラをわしづかみすると、一束引っこ抜く。本当は根を残して、葉の部分だけを切ったほうが次から次へと生えてくるからお徳なのだけれど、これだけ群生していれば少しくらい抜いたところでなくなる心配はなさそうだ。

おかずができたことに、僕は小躍《こおど》りしながら家へ帰ったのだった。


「ユキちゃん、美味しそうな匂いがするけど…わっ、今日はごちそうだ」

夏風邪をこじらせて寝込んでいたパパが、パジャマ姿でダイニングキッチンに入ってくる。テーブルの上に並んだおかずを見ると、花が咲いたように笑った。

ニラタマ炒《いた》めにニラの白和《しらあ》え、モヤシの味噌汁とモヤシのお浸し。おからの含め煮。おからは豆腐屋のおじちゃんのサービス品だ。ごちそうとは言えない安価なおかずだけれど、いつもより品数が多いから、喜んでもらえると嬉しかった。

自慢じゃないけれど、うちのパパは商店街でも美人で有名だ。パパをひいきにして花を買いに来てくれる女性のお客さんは大勢いる。近くに『荏原外科内科クリニック』もあるから見舞い客もゲットできる。条件だけならば商売繁盛しそうなものだけれど、残念ながらここ十五年夢だけに終わっている。パパはとてもお人よしで、つい利益を度外視してサービスしてしまうのだ。おまけに体が弱く、続けて店を開けることができない。

花屋は水仕事が多い上に、意外と力仕事が多い。仕入れも頻繁に行かなければならない。見た目の華やかさに反して大変な商売だから、儚《はかな》いところのあるパパに商売繁盛を望むのは酷というものだった。

「パパ、起きてきて大丈夫?」

「熱が下がったから、このままいけば明日は仕入れに行けそうだよ」

嬉しそうに笑うパパの顔が、痩せこけているのが気になる。

「無理しないでよ。でも、今日のニラは特別だから、これを食べると元気になるかも。あのね、このニラは…」

ニラの秘密を教えてあげると、パパはすごいすごいと一緒に喜んでくれた。

「ニラもすごいけれど、他のおかずもいっぱいあってすごいね。今日は鷹司くんが来るの？」

「え？」

どうして知っているのかと、首をかしげる。

「違うの？　鷹司くんが来る日は、うちはごちそうだから」

「えっ、そんなことないよ。そんなことない…はずだけど…」

それじゃまるで、僕が鷹司のために用意しているみたいだ。

「チーッス」

なんとなくショックを受けていると、玄関のほうから威勢のいい声がした。出迎えるまでもなく鷹司がダイニングキッチンに現れる。

「鷹司くん、いらっしゃい。ちょうど、鷹司くんの話をしていたところだよ」

「へえ、どんな話だ？」

僕のほうに顔を向けられても、答えられるわけがなかった。

「おっ、なんだ、おかずあるじゃん。野菜ばっかりだけど」

難癖をつけられて、うきうき気分がしぼんでしまう。

「ニラもタマゴも、栄養があるもん」

「まあな。けど、肉のほうが栄養あるだろ。牛肉持ってきてやったから、焼いてこい」

差し出されたビニール袋の中身を見て、僕はギョッとしてしまう。無造作にビニール袋に入れられているけれど、この霜《しも》の降り具合から見て、一枚数千円はする高級なステーキ肉じゃないんだろうか。

「…これって、高いお肉じゃないの？」

「もらいもんだから、気にするな」

鷹司は気軽に笑っているけれど、贈答品ならばよけいに高いだろう。

「パパさん、風邪って聞いたけど、肉は食えるんだろ？」

「もちろんっ。もしもお医者様にだめだって言われたって、秘密で食べちゃうよ。牛肉なんて何日ぶりだろう。ああ、美味しそう」

パパは牛肉を見ただけで、もう、うっとりしている。高そうだからもらえないと返してしまったら、がっかりしてまた寝込んでしまうだろうか。

「ユキ、パパさんも楽しみにしてんだから、さっさと焼けよ。俺は先に食ってるぞ」

鷹司は勝手知ったる様子で、茶碗にごはんをこんもり盛って食べ出してしまう。

僕は戸惑いながらも流し台の下からフライパンを出す。二枚のステーキ肉のうち一枚だけを半分に切って、もう一枚はそのままで焼き上げた。

「どうぞ召し上がれ」

丸ごと一枚のお肉の皿を鷹司の前に、半分ずつのを僕とパパの前に並べる。

「なんだよ、俺はいいんだって。おまえとパパさんのために持ってきたんだから、二人で食べろ」

「そんなわけにいかないよ。鷹司は運動してるんだし、淡泊なおかずだけじゃ足りないよ」

「なら、ユキが大きいほうを食え」

鷹司は僕の皿に箸を伸ばし、半分に切ったほうのお肉を口の中に入れてしまう。半分なんて一口でペロリだった。

それきり、いくら勧めても鷹司はお肉には手を付けなかったけれど、炒めものやお浸しをおかずに三杯もごはんをおかわりしていた。


長居をしたそうな鷹司をせかして、一緒に家を出る。

五分も離れていないところに住んでいるくせに、途中まで送ってあげると言わないとなかなか腰を上げない。あまりにも手がかかるので、これで本当に僕よりも二つ年上なのかと、ときどき疑問に思うくらいだ。

商店街の裏通りを、少しふてくされている鷹司と一緒にぶらぶらと歩く。

「今日はありがとう。お肉、美味しかった」

軽く振り返ってお礼を言うと、とたんに鷹司は顔をくしゃくしゃにして笑った。

「そうか。じゃあ、チューさせろ」

おかしなことを言い出すのはいつものことだから、僕は取り合わずに別の話をする。

「それより、おばちゃんたちにもお礼言ったほうがいいかな。高そうなお肉だったし、また勝手に持ってきちゃったんだろうから、お詫びとお礼の両方を言わなきゃね」

「おいっ、チューはどうなったんだ。サラッと流すなって。ババアのことなんかどうでもいいから、俺にチューさせろ」

うるさくなってしまった鷹司に、ため息をつく。

「わかった」

「えっ、いいのか？」

驚いたように目を見開き、急にそわそわしている。

「いつもありがたいと思ってた。鷹司がいなかったら、うちの食卓に牛肉が登場するなんて年に数えるほどしかないもの。だけど、よく考えてみれば満足にお礼ができないんだよね」

「そんなの気にすんなって。おとなしくチューさせれば、それでＯＫなんだから」

「ううん、そんなわけにはいかない。僕は反省したよ。今まで本当にありがとう。今日限りなにも持ってこないでね」

きっぱりと言うと、大きな舌打ちをされる。

「そんなことできるわけねぇだろ。俺が行かなきゃ、ユキんちは月末なんてモヤシばっかりじゃねぇか。そんなんだから、ユキは小せぇんだよ」

「小さくないよ。高一なら、これくらいの背は普通だ」

「俺が高一のときは、もっとでかかった」

比較対象が悪いのだけれど、反論はしないでおく。

「もう少しなんだからさ。もう少ししたら、自力でユキに肉食わせてやれる。だから、あと少し持ちこたえてろよ」

「もう少しって、なんのこと?」

意味がよくわからなくて、僕は首をかしげてしまう。

鷹司はふと足を止めると、夜空に向かって高らかに宣言した。

「俺、甲子園に行く」

「そんで甲子園で活躍して、プロの球団から指名を取り付ける。今もいくつかの球団は声かけてくれてるけど、たぶん一位指名じゃねぇからな。一位なら契約金は確実に一億だぞ。そしたら、ユキにもっといいもん食わしてやれる」

「いいものは今でも食べさせてもらってるけれど…一億なんて、全然思い浮かべられないや」

僕は少し途方に暮れた。あまりにも額が大きすぎて想像ができない。

「昨年は予選大会の出だしから飛ばしたせいで、だんだん疲れて決勝で肩がダメになったろ。でも、今年は調整するから大丈夫だ。今、びっくりするくらい調子がいいしさ。絶好調なんだ」

軽くシャドーピッチングを始めた鷹司を見つめる。

お金のことはともかく、鷹司が何かに夢中になっているのはいい。子供のころから気性が激しくて、生きるのが大変そうだったから、真っすぐに進める道があってよかった。打ち込めるものがあって、結果が出るならよけいにいい。

やっかいだからいやだと思いながらも長年近くにいたから、頑張っているところも見てきた。遠くで元気でいてもらいたいタイプの人だった。

「でも、楽しみ」

小さくつぶやくと、振り返られる。

「あ、ごめん。なんでもないよ。続けてて」

少しはにかみながら笑いかけると、ガバッと抱きしめられてしまう。

「ユキかわいいっ、やっぱ、チューさせろ」

「わっ、鷹司、苦しいっ」

「甲子園は行けると思ってる。だけど、チューさせてくれたら確実になるような気がするから、景気付けにさせろ」

「馬鹿なことばっかり…んむ…」

強引に体を持ち上げられ、足が地面につかない状態でキスをされてしまう。

分厚い唇の感触が生々しかった。しかも押し付けられるだけならまだしも、吸い上げられている。

「ユキの唇、柔らけぇ」

唇を離されて、おかしなことを言われたけれど、僕は呆然としてしまっていた。

「もう一回な」

再び顔を近づけられそうになり、はっと我に返る。

「い…いやだっ、いやだってば」

僕はジタバタと暴れて、どうにか自力で地面に降りた。

「チェッ、なんでいやなんだよ。すげー、気持ちいいじゃねぇか」

「鷹司、ふざけすぎだよっ」

「ふざけてないって。俺ずっとしたいって言ってたろ。…そういえば、口と口でちゃんとすんのは久しぶりなんだよな。おまえがさせないから」

「馬鹿っ、誤解されるじゃないかっ。幼児期にじゃれてたのはキスって言わないの。それも鷹司が無理やりしてたんじゃないか」

「そうそう、今だって無理やり奪えるところを我慢してやってんだ。だから、おとなしくさせろって」

肩をつかまれてしまい、あわてて腕を突っ張った。

「しない。今度したら…んーっ……」

抵抗もむなしく、もう一度ブチューッとされてしまう。

「……もう…もう、絶交する！」

僕は唇が自由になったとたん、怒りに震えながら絶交を言い渡した。

「やめろよ絶交なんて。おまえ絶交すると、一カ月は口利いてくれねぇんだもん。一カ月っていったら、予選大会まるまる終わっちまう。応援してくれねぇのかよ」

僕は石のように黙り込み、もう何を言われても答えるつもりはなかった。

「なあ、黙るなって。…でも、本当に甲子園に行けたら、ご褒美くれよな」

キスなんかされたあとで、ご褒美の内容なんて聞きたくもないけれど、聞かないでいるのもおそろしくて、聞き耳を立てる。

「甲子園に出場できたら、やっぱすごいから、それなりのご褒美はもらえるよな。ユキは小せぇし、んなことしたら壊れちまうと思って、ずっと我慢してきたけど…」

だから、ご褒美ってなんなんだとそっぽを向きながら、じっと待つ。

「俺がユキに惚れてんのわかってんだろ。だから…抱きてぇ」

びっくりして、思わず見上げてしまう。

鷹司は照れたように少し赤くなっている。冗談にならない顔を見てしまい、僕は怒りで真っ赤になった。

キスとか、抱っことか、僕たちの間ではことあるごとにふざけた単語が飛び交っていたけれど、僕がいやがるからよけいに面白がられてしまうのだと思っていた。いや、実際にそういう脅し文句で言うことを聞かされてきたのだから、いまさら惚れているだなんて言われたって納得できるわけがない。

だいたい、抱きたいなんて、同性の幼なじみに言うことじゃないじゃないか。

僕はブンブン首を振りながら、家に逃げ帰ったのだった。


県営球場のグラウンドは、試合直前まで降っていた雨のせいで黒光りしている。

甲子園予選の決勝戦のマウンドに立つ鷹司は、少し重そうなグラウンドコンディションをものともせずに、遠目でも調子のよさがうかがえる投球を続けていた。

一球ごとに腰に右手をあてて胸を張るくせ。投球フォームが崩れないように、投げる寸前まで姿勢を矯正《きょうせい》しているのだと本人は言うのだけれど、とても威張って見える。キャッチャーの出すサインに、やはり腰に手をあてたまま偉そうにうなずく。そうして半身になって、一瞬キッと打者をにらみつけてから、腕を頭の後ろまで上げ、振り下ろした。

王様投法と部内で名付けられている、その凛とした気配は、決勝戦の大舞台でもバッターボックスの打者をひるませるのに充分だった。

鷹司は8回の表もあっさりと打者を三人で打ち取ると、軽快な足取りでベンチに引き上げていく。スコアボードには十五個目のゼロが並んだ。

両校共に一点も取られていない見事な投手戦を、僕はスタンドの後ろのほうで観戦していた。

鷹司のやつ、本当に頭にくる。キスしたことを謝りもしないくせに、応援に来いと毎日電話でプレッシャーをかけてくるんだから。

マウンドからスタンドを見渡して、僕がどこにもいないとがっかりするのだと言う。がっかりして負けたら僕のせいだなんて、脅しまでかけられた。

脅しに屈して、応援に来たわけじゃない。絶交中に鷹司を応援するはずがない。だけど、決勝戦を逃したらもう生で観る機会はなくなってしまう。たとえ本大会へ進出しても、兵庫県の甲子園球場まで行く交通費なんか、どうやったって僕の家では捻出できないのだから。

「応援じゃなくて、ただの観戦だ。僕は高校野球のファンなんだから」

独り言をつぶやいているうちに、8回裏のうちの学校の攻撃が始まった。

ブラスバンド部は鷹司の打席で暴れん坊将軍のテーマ曲を演奏しだした。鷹司は『ミッキーマウスマーチ』とか『アルプスいちまんじゃく』とか、本当はかわいい曲のほうが好きなのだけれど、たぶん誰も知らないのだから仕方がない。

この回の先頭バッターの鷹司が、打つ気満々にバッターボックスに立つ。エースで四番の鷹司としては、自分で試合を決めたいと思っているんだろう。

相手のピッチャーが、一球、二球と放っていく。三球目は明らかな失投だった。

「あっ」

デッドボールに、僕は思わず声を上げてしまう。

ボールがあたったのは、鷹司の右腕の手首に近い部分。

右腕を押さえ、しゃがみこんで痛がっている鷹司に、すごい勢いでベンチから冷却スプレーを持った選手が近づいていく。

鷹司はひどく痛そうに右手を押さえながらも、スプレーをかけてもらうとすぐに一塁《いちるい》に向かった。

相手チームのピッチャーは申し訳なさそうに脱帽して謝っていたけれど、鷹司はおそろしい目付きで空中をにらんでいるだけで相手には一瞥《いちべつ》もくれなかった。ただならない気配を感じてか、一塁手までもがペコペコと頭を下げているけれど、やはり鷹司は見ようともしない。

鷹司の態度がふてぶてしいのはいつものことだけれど、今だけは当然に思えた。

相手のピッチャーめ、絶対に許さないんだから。ピッチャーに対してボールをぶつけるなんて、わざとじゃなくたって大罪だ。

審判も審判だ。危険球で即刻退場処分にしてやればいいのに。

鷹司だって悪い。右投げ左打ちなんて、流行《はや》りだからって洒落た真似をするから、大事な利き腕にボールがあたってしまうんだ。

そんな僕のイライラを払拭するように、鷹司はさっさと盗塁をして二塁まで進むと、味方のヒット一本であっという間にホームベースに帰ってきた。一点をもぎ取った鷹司は、相手ピッチャーに向かって、これ見よがしにふんぞり返ってガッツポーズまでしていた。高校球児にあるまじき品性に欠けた行いだけれど、審判は見逃してくれたみたいだ。

これで、1―0。

あとは9回の表を守り切れば、甲子園出場が決まる。エースピッチャーの鷹司が絶好調の今、もう決まったようなものだと、うちの学校側のスタンドは一気に色めき立っていた。

「本当に行くのかも。甲子園、行けるのかも」

僕はギュッと両手を組み合わせた。

絶交しているから間違っても応援なんかしないつもりでいたのに、知らず知らずに祈りのポーズを取ってしまっていた。

そして9回表、ピッチャーマウンドに鷹司が悠々と上がった。

王様投法で打者を威圧しながら、腕を頭の後ろまで上げ、足を上げる。そうして、腕を振り下ろしたとき、異様なことが起こった。

右腕がしなったかと思うと、しなりに耐え切れなくなったように、関節とは違う場所が不自然に折れ曲がった。ぞっとする光景だった。こんな遠目でも、鷹司の右腕は、骨折したのが明らかにわかるほどの曲がり方をした。

あたりまえにキャッチャーミットに吸い込まれるはずだった白球が、あらぬ方向へ飛んでいく。

球場内から一瞬、音が消えた。

マウンドに沈んだ鷹司が、のたうちまわりながら声のない悲鳴を上げているのを、誰もが信じられないように見てしまっていた。

誰か…。

「助けて！　早く助けて！」

僕の絶叫が届いたのか、わらわらとマウンドに人が駆け寄っていく。

そのあとのことを、僕はよく覚えていない。耳に残るサイレンは、救急車が駆けつけた音だったのか、試合終了の合図の音だったのか。

その日、県立城南高校は、荏原鷹司不在のまま甲子園へのキップを手に入れた。


僕が鷹司の入院している市立病院を訪れたのは、甲子園本大会の開会式の日だった。悪夢の予選大会決勝戦の日からは八日がたっていた。

この八日間、パパには毎日お見舞いに行くようせっつかれていた。そんな薄情な子に育てた覚えはないのだと、涙まじりに訴えられたくらいだった。鷹司の両親にも顔を見に来てやって欲しいと何度も電話をもらった。

誰に言われなくたってお見舞いには行くつもりだったけれど、僕自身、気持ちが落ち着くのを待っていたら今日になってしまった。

鷹司は、念願だった甲子園出場を果たしたものの、もうマウンドに立つことはできない。右腕の複雑骨折の手術は成功しても、開会式の入場行進さえままならない状態なのだ。もしかすると、城南の緒戦当日もテレビで観戦することになるかもしれない。輝かしい将来が待っていたはずの、その先のことは今は考えたくもない。

鷹司はきっと、がっかりしている。落胆ぶりを想像するだけで気持ちがざわめいて、どんな慰めの言葉も思いつかないまま、僕は病室の前に立ってしまった。

僕は花束を抱え直し、意を決して個室のドアをノックした。返答はなかったけれど、そっと入室する。

ホテル風の病室は、夏の色鮮やかな花々でにぎわっていた。

大きな花籠《はなかご》が三つ。そのうちの二つは入ってすぐ右側の棚の上に飾られ、残りは左奥の接客用のテーブルセットの上に置かれている。

正面奥のベッドにいる鷹司の顔を見るのがこわかったのもあって、花籠を検分するふりをした。

しばらくして聞こえてきた音楽にはっとする。

つけっ放しのテレビから、甲子園大会の今年の入場行進曲が流れてきていた。

おそるおそるベッドのほうに顔を向けてみるけれど、鷹司の横顔には、これといった表情はうかがえなかった。ただ、じっとテレビ画面を見つめているだけだ。

「ドラえもんの行進、したくなかったんだよなぁ」

鷹司が誰にともなくつぶやく。ここには僕と鷹司以外にはいないのだから、独り言かもしれない。

僕はテレビを見ながら、鷹司の声がよく聞こえるようにベッドに近寄っていった。

「どうして、全員手をグーにして行進してんだろ。パーは一人もいねぇ。俺が出たら一人で浮いてたかもな」

いつもと変わらない声色に、ホッとする。

想像したほど鷹司は弱っていなさそうだ。

「けど、目立つのも悪くなかったから、くやしいな」

変なところでくやしがるのがおかしかった。どんな顔で言っているのかと再び鷹司のほうを見て、僕は度肝を抜かれてしまう。

鷹司の目からは涙が流れ落ちていた。長い付き合いの中で、泣いているところなんて一度も見たことがなかったのに。

「くやしい」

かみしめるように言われ、僕はギュッと目をつぶる。

鷹司が弱っていないなんて、一瞬でも考えた僕は馬鹿だ。

甲子園のグラウンドに立ちたくない高校球児がいるはずがない。右腕とひきかえにしてまで手に入れたキップを、鷹司はどんな思いで仲間に譲り渡しただろう。

僕は何も言えずに、そっと手を伸ばした。傷《いた》めていない左手の指先に触れた瞬間、痛いくらいの力で握り返される。

こんなに体を震わせているのに、声を殺しているのが不憫《ふびん》だった。鷹司は、泣き方を知らないのかもしれない。

「…決勝、来てたろ。三塁側スタンドの上のほうにいた」

どのくらいいたったのか、鷹司がつぶやく。

「悪いもん見せたな」

何を言っているのかと、僕は驚いて首を振る。何度も首を振った。

鷹司がそんな気遣いをするなんて思ってもみなかったから、なんだかもう言葉を失ってしまう。

「…まだなのか？」

弱ったように言われる。

何がまだだと言うのか、すぐにはわからなかった。しばらくしてから、僕はここに来てから一言も口を利いていないことに気づく。単に言葉が見つからなかっただけなのだけれど、まだ絶交しているのかと尋ねられてしまっていた。

「もう一カ月だぞ。さみしいじゃねぇか」

さみしいなんて言葉を聞くのも初めてだった。

忘れていた絶交は、思い出せば続行するのだけれど、だからといって弱っている幼なじみは放っておけない。

僕はそっと手を伸ばし、もう一方の手でも握ってあげる。

とたんに鷹司は頭を下げ、握り合った手に額をつけてきた。

「ユキは頑固だ。でも優しい。好きだ」

とぎれとぎれに発しながら、ときおり苦しそうに肩を震わせている。

こんなにかわいそうなのに、温かい涙を手に感じるのが嬉しかった。

ボールがぶつかったのが頭じゃなくてよかった。

生きているだけでいいじゃないかと、口に出さないまま、僕はずっと手を握ってあげていた。


それから五日後、甲子園球場に制服姿の鷹司があった。

自分の代わりを務めて、ガチガチに緊張した一年生ピッチャーの平石を励ますために、ベンチとピッチャーマウンドを三度往復した。悲劇のエースピッチャーの献身的な伝令姿は、三角巾を吊るしていても、痛々しさより立派さのほうが際立ったように思う。

負けた瞬間、平石は鷹司の足元で泣き崩れていたけれど、鷹司の目に涙はなかった。いつもは見せない笑顔まで見せていた。いいんだ、よくやったと、励ます声が聞こえてくるようだった。

人一倍勝ち気な鷹司が、負け試合で笑うなんて考えられないことだった。

テレビのアナウンサーは、悔いのない爽やかな笑顔だと言っていたけれど、僕にはそれが作り笑いだとわかるから、なんだか泣けてきてしまった。

本物の笑顔は、もっとかわいいんだから。愛らしくてクマちゃんみたいなんだから。

鷹司の無念さを想像して、僕はテレビの前で目をゴシゴシしていた。


九月が終わりに近づくころになると、ケガの回復とともに鷹司に元気が戻ってきていた。

ここにきて右腕のケガの回復が目覚ましい。三カ月以上かかると言われていた複雑骨折を二カ月弱でくっつけ、心配された神経にも影響が出なかったから、主治医の先生には野生動物並みの回復力だと感心されている。十日前にはギプスを外して、今では薄手のサポーターをつけるだけになっている。

学校帰りに鷹司の家に寄って、リハビリに付き合ってあげていると、少しずつクマちゃんスマイルも出るようになった。

それでも少し痩せて、顔付きが以前より精悍《せいかん》になっただろうか。ときおり大人びた表情をするようにもなった。

僕たちは挫折を繰り返して大人になっていくのだとしても、あまり急がなくてもいいんじゃないかと思う。少なくとも鷹司が大ケガをするのはこれきりでいい。

絶交のほうはそんなこんなで、あいまいなうちに解《と》けてしまった。謝罪の言葉も態度もなかったけれど、鷹司を放っておけなかったのだから仕方がない。どうせうやむやになるのは、いつものことなのだし。

「…四十七、四十八、四十九、五十。はい、三セット目おしまい。わっ、もう腕がパンパンだ。鷹司のリハビリなのに、僕のほうが先にくたびれてるよ」

僕は庭の芝生の上に座り込んでしまう。

両手を大きく前倣《なら》えしたまま、手のひらを閉じたり開いたりするだけの単純なリハビリ運動だけれど、日ごろ使わない筋肉なのか意外にこれが大変だった。

「鷹司はどう？　腕痛くなってない？」

一緒にリハビリをしている鷹司の様子をうかがう。

「ユキはともかく、俺がこれくらいで疲れるわけねぇだろ」

言葉とは裏腹に、鷹司はうっすらと額に汗をかいている。

「鷹司も座ったら？　疲れてなくても休憩だよ」

「ああ…けど、驚いた。ただグーパーしてるだけなのに、ちゃんとリハビリになってるんだな。ついこの間まで全然力が出なくて、ペンも持てない非力さだったのに、これやってただけでだいぶ筋力が戻ってきたぞ」

鷹司は芝生にあぐらをかきながら、手を握って感触を確かめている。

「なあ、腕相撲しようぜ。ユキくらいなら、そろそろ勝てそうな気がする」

鷹司はそう言うと、制服が汚れるのなんておかまいなしに芝生の上に腹ばいになった。

「うーん。やってもいいけれど、まだ勝つのは無理じゃない？」

「言ったな。じゃあ、俺が勝ったら…ユキはしばらく俺の言いなりな」

「勝ったらね」

僕は鷹司と同じように腹ばいになり、右手を差し出す。

内心はヒヤッとしていた。本人はさほどでもなさそうだけれど、治ったばかりの腕に触るのはこわい。まして、力を込めるのは勇気がいる。

「レディー…ゴー！」

鷹司は合図を出すと、ぐっと力を込めてきた。すごい抵抗を感じて、あわててしまう。ギプスを外してからたったの十日間でこんなに力が戻るなんてすごいけれど、感心ばかりもしていられなかった。

この勝負は負けられない。鷹司の言いなりになるなんて、絶対にいやだ。

腕を傾けられそうになるのをなんとか押し戻し、遠慮なく鷹司の腕を倒していった。

「…あーっ、くそーっ、負けた。ユキに負けるなんて、信じらんねぇ。俺も落ちぶれたなぁ」

豪腕と言われた投手のプライドなのか、本気でくやしそうな顔をしている。

「花屋の息子を馬鹿にしちゃだめだよ。僕は、二十キロくらいある大きな観葉植物だって動かせるんだから」

「でも、ユキだもん」

なんだかわからない理由ですねているのがおかしい。

「いいじゃないか。僕が鷹司に腕相撲で勝つなんてこと、きっと一生のうちでこれが最後だ」

「あたりまえだろ、絶対最後に決まって…あれ、ユキ、もしかして緊張してた？ 手、すげー汗かいてる」

僕はあわてて手を引っ込めようとしたのだけれど、その前に手を開かれてしまう。手のひらをしげしげと見つめられたあと、ちょっと引っ張るようにして自分の懐《ふところ》で拭いてくれる。

「そうだよな、ユキにはケガした瞬間を見せたもんな。あれ見たあとじゃ、いくら治ったたっていっても、気色悪いよな」

「そうじゃないよ。負けそうだったから、汗かくくらい頑張ったんだよ」

言い張って、今度こそ手を引っ込めた。

「もう少し待ってろな。しばらくはユキも夢見悪いだろうけど、すぐに別の記憶に塗り替えてやる。俺、野球やめないからさ」

鷹司はこのところするようになった大人びた笑顔を見せた。

思いがけないまぶしさに、僕はドキッとしてしまう。

鷹司にときめくなんて冗談じゃない。何かの間違いだと、首を振りながら立ち上がった。

「おっ、なんだいきなり。リハビリの続きやるのか？」

「ううん。僕、そろそろ帰る」

僕はごまかすように制服についた芝生を払った。

「えっ、まだいいだろ。今日は少し俺の部屋でごろごろしていけよ」

「帰るよ。夕飯の支度しなきゃ」

「まだ早いじゃねぇか。なんでユキはいつも部屋に上がらないで帰るんだ？　もしかして、俺の部屋嫌いなのか？」

探るように見つめられる。

「嫌いっていうか…たぶん、好きな人はいないと思う。だって鷹司の部屋汚いんだもん。少しはそうじしなよ」

「汚いからかよ。じゃあ…でも、面倒臭ぇ。…そういえば、サンジにも部室のロッカーそうじしろって言われてたんだった。早く後輩にロッカー明け渡してやれって」

「いつまでも鷹司がロッカーを占領してるんじゃ、後輩の誰かが使えなくて困ってるんじゃないの？　ロッカーのそうじくらいすぐすむんだから、明日にもそうじしなきゃだめだよ」

「明日ぁ？　ゲー、言うんじゃなかった」

野球部を引退してからもう一カ月以上たつのに、今まで何をやっていたのかとあきれてしまう。

たかがロッカーのそうじをするくらいで、本気でまいった顔をしている。

「ん？　でも、あそこカギがかかったっけか…」

鷹司はもそもそと口の中で言うと、何かひらめいたような顔をした。

「…じゃ、ユキが手伝うって言うなら、やってもいい」

「自分のことなんだから、自分でやらなきゃだめ」

「なんだよっ、ユキがしろって言ったんだろっ。手伝えったら、手伝えっ。まだ手が完全じゃないってのに、かわいそうだと思わねぇのかよ」

こんなときばっかり、ずるいんだから。

「それじゃ、後ろで見てて、鷹司がどうしてもできなさそうだったら手伝う」

「やった！　よーし、明日な」

さっきまでいやがっていたのに、いきなり喜んでいる。

急変した態度にはなんとなく腑に落ちないものを感じるのだけれど、一応、そうじを手伝ってあげる約束をした。


次の日の放課後、鷹司と一緒に野球部の部室を訪れた。

さっきから鷹司が黙り込んでいるのが少し気になる。そういえば、今朝一緒に登校したときも口数が少なかった。よく眠れなかったのだと言っていたけれど、もしかしたら腕の調子がよくないのかもしれない。

そうじくらいしてあげようかという気分になり、僕は率先してロッカーに手をかけた。

「あれ、開かない。鷹司、ロッカーにカギがかかってるよ」

背後を振り返ると、鷹司はぼんやりと僕を見ていた。何故だか口元ばかり見ている。

「鷹司、聞いてる？　カギがかかってて開かないんだけど」

「…あ、ああ。カギか。カギは…教室の机の中に入れっぱなしだ」

「取りに行ってくる？　それとも、明日にする？」

「明日なんて、冗談じゃねぇ。俺はやる気満々なんだ」

そんなにそうじをする気があるなら、どうして今まで放っておいたんだか。

半ばあきれていると、鷹司がロッカーをガンガン叩き出した。

「ちょっと、壊れちゃうよ」

「こいつは、叩けば開くんだ。ほら、開いたぞ」

無理やり扉を開けて、どんなもんだと威張っている。

「乱暴なんだから。でも、叩けば開くなんて防犯の意味ないね。本当にうちの学校はどこもかしこも古くて……あぁー、やっぱりグチャグチャだ。なんでもかんでも放り込めばいいってもんじゃないよ。わっ、なにこれっ。このジャージ、酸《す》っぱそう」

「げっ、それは触んな。夏休み前に着たやつだから、ヤバイぞ。ユキ、息止めろ」

僕はのけ反りそうになりながら、近くにあったスパイクをマジックハンドに見立てて、ジャージをつかむ。スパイクも汚いから五十歩百歩だったけれど、ともかく段ボール箱に入れた。

「もうっ、こんなんじゃ、たたむのは無理だよ。他の物も段ボールに詰めるだけだよ。それでいい？」

「いい、いい。適当にどんどん放り込め。…おっ、メダルだ。探してもねぇと思ったら、こんなとこに入れてあったのか。ほら、ユキが見たがってたメダルだ」

横合いから手を伸ばされる。ひょいと手にすくったのは、予選大会の優勝メダルだった。

「ユキにやる」

無造作にメダルを押し付けられ、僕は困ってしまう。

「大事なものだから見るだけでいい」

「俺が持ってても、どうせどっかやっちまうんだ。ユキが持ってろ」

「でも…」

思いあたることもあって、僕はメダルを手に少し考え込む。

鷹司はもともと受賞されることには興味がないらしく、メダルとか賞状とか、今までもらった数々の記念品は本当にどこかへやってしまっていた。

「…じゃあ、僕が預からせてもらうけれど」

僕は折り目正しくメダルの紐《ひも》をまとめ、カバンに入れようとして、ふと思い留まる。

「預かる前に、このメダル一度だけ首にかけてみてもいい？」

「いちいち断らなくても、好きにしろ。やりたきゃ、かじったっていいんだぞ」

「かじったりしないよ。傷が付いたらいやだもの」

僕はメダルの紐を輪にして持つと、鷹司の首にかけてみた。

予選大会の決勝の日、鷹司だけグラウンドにいなかったから、胸にしたところを見ていなかった。

「うん、カッコいいや。おめでとう」

僕は小さく口にする。

すごいことを成し遂げたのに、鷹司はあまり祝福されていない。あのころの鷹司に、おめでとうなんて無神経なことを言える人はいなかった。僕にしたって、お祝いを言うのがこんなに遅くなってしまった。

鷹司はびっくりした顔になり、次の瞬間ガバッと覆いかぶさってきた。

「ちょ、ちょっと、鷹司っ」

ギュウギュウ抱きしめられて、さらに右に左に揺り動かされた。

「なんでユキはかわいいんだろ。かわいいことばっかりする」

「なに？　なに言ってんの？」

わけがわからずに腕の中でもがく。

「自分の首にかけたいんじゃなくて、俺がかけてるところが見たかったなんて、ホントかわいいやつ」

「なんで？　鷹司のメダルなんだから、鷹司がしてるところが見たいに決まってるじゃないか。…もうっ、苦しいってば」

非難がましい声を出すと、ようやく体が離される。ほっとしたのもつかの間、抱え直されて抱き込まれるようにキスされてしまった。

「な…んっ……」

弾力のある唇を押し付けられ、吸われる。びっくりして抵抗らしい抵抗ができないでいると、舌まで入れられる。

「…んっ…んっ……」

ようやく唇が解放されたときには、頭が真っ白になっていた。

「こんなの…」

こんなキス、まるで恋人みたいだ。

こわいのかどうなのかよくわからないまま、少しずつ後ずさる。けれど、思うように足が動かなかった。

「甲子園に行けたら、ご褒美くれるって言ったろ」

商店街の裏道でキスされたときのことを思い出して、僕はギクッとする。いろいろなことがあったから忘れかけていたけれど、確か抱くとか抱かないとか、とんでもないことを言われたんだった。

「言ってないっ。僕はご褒美あげるなんて言ってないっ」

「甲子園で投げなかったからダメだ、なんて言うのか」

急に声が暗くなった気がして、はっと口をつぐむ。

「投げてないけど、行ったは行ったんだ。うん、ちゃんと甲子園の土も踏んだぞ」

「わかってるけれど…ぎゃっ、なにするんだよ！」

腕を引っ張られて、また抱きしめられそうになる。

「いやがんな」

「いやがるよ！」

体がくっつくのがいやで、鷹司の胸に手を突いて突っ張る。けれど、ものともせずに抱きしめられ、しっかり抱え込まれてしまう。

「俺はずっと我慢してきた。もう限界だ。やらせろ」

「やだ、やらせない」

おかしな掛け合いになってしまっていることに気づいたけれど、他に言いようもなかった。

「俺のこと嫌いじゃないならやらせろったら。ケガしてたとき優しかったろ。ユキは、俺のこと嫌いじゃないはずなんだ。俺は確信したんだ」

「ケガ人に冷たくする人なんていないよ」

「ケガする前だって、ユキは優しかった。嫌いじゃないんだろ？」

「幼なじみに好きも嫌いもないよっ」

叫んで、渾身《こんしん》の力で突き飛ばそうとしたのだけれど、再び力を込められ、さらに体が密着する。

「やだってば。こんなのおかしい。だ、抱くとか抱かないとか、絶対おかしいってば。僕たち男同士なんだよ」

「んなもん関係あるか。俺は、ユキが女でも抱くぞ。好きだから抱きたいっていうのは、おかしくないだろ」

「僕が女だとしたって、ご褒美に体を要求する幼なじみなんていやだ」

僕はジタバタしながら、必死に言い返していく。

「なんだって？　俺がいやだってのか？　俺のなにがいやなんだ。言ってみろよ」

怒っているのは僕のはずなのに、すごまれてしまう。

「逆ギレするなんてずるい。鷹司の言ってること、おかしいのに」

「じゃあ、おかしくたっていい。ユキもおかしくなれよ」

思いがけない熱っぽさに、僕は一瞬頭が空っぽになって言葉に詰まってしまう。

「…あぁ、ユキって、いい匂いだよな」

抵抗を忘れたすきに、首筋に顔をうずめられ、匂いを嗅《か》がれる。

「なにやって…っ…」

ふいにかみつくように歯を立てられ、ビクッと体がすくんだ。すぐになだめるように、舌でなめ上げられる。

動物的なしぐさが、なまめかしくて、カァッと全身が熱くなった。

「や……んっ…」

真っ赤になりながら首をよじると、唇にキスされてしまう。

唇を吸われながら、背中や腰や脇腹、僕の体の作りを確かめるようにあちこちを触られる。そのうちにシャツはズボンから引っ張り出され、素肌をじかに触られた。

「……ん……や…や…」

キスもいやだけれど、手の感触もいやだった。懸命に体をよじろうとするのに、どうしても逃げられなかった。昨日は腕相撲で勝ったのだから右腕だけなら僕のほうが力があるはずなのに、総合力では勝負にもならない。

じきに体勢が崩れ、床に押し倒される格好になる。胸を合わせてのしかかるように抱きしめられると、完全に身動きが取れなくなった。

せわしなく動く手も、妙に荒い息遣いも、鷹司じゃないみたいでこわい。

「やだ…やだったらっ……本当にや……鷹ちゃ…こわい」

無意識のうちに、幼いころの呼び名で呼ぶ。

「大丈夫だぞ。こわくねぇからな。ここは？　ここ触ると、気持ちいいだろ？」

「やだっ」

ズボンの前を触られ、ビクッと体を大きく揺らしてしまう。

「優しくしてやってるのに、やだって言うな。気持ちいいって言え。こうやって揉んでやったら気持ちいいに決まってる」

「よくないっ、よくないもんっ」

悲鳴みたいに叫んで、どうにか手を離させようとする。同時に体をよじって逃げようとすると、くい止めるみたいにキスをされてしまった。舌を入れられる深いキスに翻弄されているうちに、ズボンを下ろされて僕自身をじかに触られていた。

「…ん…んんっ…やだっ」

「よくなるさ。ユキが遂《い》けるまでこすってやるんだから」

明確に目的を口にされ、言葉どおり熱心に手を動かされる。

「ほら、元気になってきた。気持ちいいだろ？」

「やだっ……や…あ…あ…」

時間をかけて育てられ、根気よく追い上げられると、どんどん体の力が抜けていく。そのうちに僕は快感を追い始めてしまっていた。

「鷹ちゃ…鷹ちゃ…ん……んっー…」

いっそう強くこすり上げられ、大きな波がやってきてしまう。僕はその鋭い快感にすがりつく

ように鷹司にしがみつき、ビクビク体を震わせながら極まっていた。

「すっげ、かわいい」

ぐったりとした体を抱きしめられ、顔や首や肩、肌の露出している部分はあますところなくキスされる。

解放後の脱力感と恥ずかしさから目を開けることができず、僕はされるままにぐったりと横たわっていた。

その後も繰り返しキスをされ、体を触られる。どこをどう触られているのかわからなくなって、気づいたときにはお尻に異物感を感じた。

「なに…」

何をするのかと目を開けると、目が合うなりまたキスされる。

「あんま慣らせなくて悪い。その代わり、すぐ終わらせるからな。入れたらおしまいだから」

キスの合間に早口で言われる。次の瞬間、突然のように起こった大きな痛みに衝撃を受ける。

ふいうちの痛みに首を左右に振ると、頭が床にぶつからないように手で支えられた。

動けなくなるのがよけいに苦しい気がして、とにかくめちゃくちゃに腕を振り回す。

「痛っ……」

声は鷹司のものだった。

痛そうな声に、はっとする。ガンガン叩いていたのは治ったばかりの右腕だった。

「あ……」

僕だって痛いことをされているのに、思わずひるんで叩くのを止めてしまう。

「そのまま暴れるなよ。すぐ終わらすから。すぐだから、な?」

深く抱き込まれ、僕が暴れないように何度も言い付けてくる。

優しいのは声だけで、なだめられながらもゆっくりと腰を動かされた。

すぐだと言っているくせになかなか終わらないから、そのうちに僕は我慢ができなくなってヒクヒクとみじめにも泣き出してしまう。

鷹ちゃんなんか大嫌いだと、幼い声で訴えながら。


ドアの向こうから話し声が聞こえてくる。

誰かが近づいてくるのはわかっていたけれど、動くのはおっくうだった。

僕は埃と砂にまみれた部室の床に横たわり、ドアが開くのをぼんやりと見ていた。

入ってきた平石と目が合った瞬間、目を見開かれる。

いろんなことをきちんと整える前だったから、僕の下半身は剝き出しだった。鷹司はズボンこそ穿《は》いているけれど、前が開いていてだらしないことこの上ない。何をしていたのか気づかないほど平石は馬鹿じゃないだろう。

鷹司と関係したことを他人に知られたのも、みっともない姿をさらし続けるのもいやなのだけれど、体と気持ちが疲れ切っていて、すぐにどうでもいい気分になってしまう。

平石は驚いたように目を見開き、とっさの様子で後ろ手にドアを閉めた。背中でドアを押さえて、後ろにいる人を締め出す格好にしている。

「おぉーい、どうしたぁ？　目の前でドア閉めるなよー。開けろぉー、おーい、徹ーっ」

平石の後ろで、誰かがドア越しにのんきな声を出している。のんきなわりに、ドアを叩く音はドンッドンッと勇ましい。

「後ろはサンジか」

鷹司がつぶやくと、平石は視線を外しながらも律義にうなずいている。

「徹、どうせドア閉めるなら、おまえも入ってこなけりゃいい」

「…すみません」

鷹司はふてくされた様子で舌打ちしたかと思うと、僕を振り返った。

「ユキ、起き上がれるか？」

たった今まで僕を蹂躙《じゅうりん》していた暴君は、やけに優しい声で呼びかけてくる。

うっとうしいようなそんな声は、聞きたくなんかなかったけれど、のろのろと上体を起こす。くしゃくしゃになったズボンを穿《は》いている間に、鷹司にシャツのボタンを留められた。本当にうっとうしくて、一度は鷹司の手を払ったけれど、再びボタンに手をかけられるともう抗《あらが》うのが面倒になる。

　かろうじて身繕いができたとき、ドアが破られた。

「なんだよぉ、徹、なんで締め出すんだ。引退したとたん扱い悪いぞ。今までかわいがってきたかいがないじゃ…おっ、荏原、いたのか」

　ドアの隙間から身を割り込ませたのは、やはり部長のサンジさんだった。

　鷹司はさりげなく僕を背中に隠すようにして座り直した。

「荏原、なにやってんの？」

「…別に」

「ハハハッ、さみしくなって、部活に顔出しに来たんじゃないのか？　あれ？　後ろにいるのって、愛しのユキちゃん？」

　冗談のつもりだろうけれど、僕はもちろん誰も笑わなかった。

「なんだユキちゃん、今日はやけにやつれてんな。いつもはキラキラして、男ながらあっぱれなかわいこちゃんぶりなのに。ハハッ、髪がぼさぼさだ。荏原も気が利かないな、とかしてやれよ」

　ひょいと鷹司の肩越しにのぞき込まれる。目が合うなり、ギョッとされた。

「…ユキちゃん、泣いてんの？」

　僕は思わず目元に手をあてる。もう涙なんか出ていなかったけれど、その動作で泣いていたのを知られてしまった。

一人だろうが二人だろうが同じだった。何が起こったのか気づかれたとしても、もうどうでもいいような投げやりな気分なのだけれど、意識下に残っているプライドがそうさせるのか、僕は無意識に顔を背《そむ》けていた。

「おい、荏原？　なんかマズイことでも…」

サンジさんはふと黙り込み、僕のズボンのベルトを床から拾った。チラッと服装を確認して、僕に手渡してくれる。

そうして、何かを悟ったようにガリガリと頭をかき出す。

「えーとだな…荏原、頼むから早くズボンのファスナー上げてくれ」

サンジさんの指摘に、鷹司は面倒臭そうにファスナーを閉めている。

「荏原、言いたかないけど、こんなとこで動物になんなって。…あれじゃないんだろうな？　つまり…無理やりじゃないんだろうな？」

「うるせぇ」

「うるせぇことあるか。三年は引退したっていっても、うちの部の慣例じゃ卒業するまで俺が部長ってことになってるんだ。部室で起きたことは俺の責任でもあるんだぞ。もちろん、問題ないって言うなら口挟む気はさらさらないけど」

サンジさんは気遣うように僕に視線をくれる。

騒ぎが大きくなるのはいやだった。何か取り繕えることを言いたい気がしてきたけれど、すぐに考えるのが面倒臭くなる。もうただ家に帰りたいだけになった。

「ユキッ」

立ち上がったとたん、足がふらついてしまい、鷹司に支えられる。

僕はとっさに鷹司の腕を払おうとしたのだけれど、できなかった。キーンと耳なりがしたと思うと、なんだか目の前の景色が溶けたように見えなくなってしまう。貧血だと気づいたときには、鷹司の腕の中に倒れ込んでいた。

「ユキ、おいっ、ユキッ」

「うわっ、顔色ひどいな。血の気が引いてら。茬原、ユキちゃんそのへんに寝かせろ。足高くして、体温めてやらなきゃ」

気遣ってくれるサンジさんの声もなんだか遠い。

「……帰る」

小さくも意志を伝える。もう僕は、こんなところにいたくなかった。鷹司はうっとうしいし、関係のない人まで、もう、うっとうしい。

必死に足を踏ん張って、自力で帰ろうとするのだけれど、ままならないのが歯痒《はがゆ》かった。

「ユキちゃん、すぐ帰るのは無理だ」

「帰る」

首を振ろうと、少し動かしただけでさらに目が回った。

「ああっ、ユキちゃん、だから無理だってば。少し横になってなきゃだめだろ」

「もう帰るっ」

わめいて、ジタバタと暴れているつもりだった。けれど、実際のところは鷹司の腕の中で小さく身じろぎしただけだったかもしれない。

「サンジ、手伝え。担いで帰るから、ユキを俺の背中に乗せろ」

「馬鹿、無茶すんな。少し寝かしておいたほうがいいって」

「いや、ユキが帰りたがってるから、すぐ帰る」

「そんなこと言ったって、おまえ、ユキちゃんのこの顔を見てみろよ。今動かすほうが酷だろうが」

「うるせぇっ。ユキは我慢強くて、よっぽどのことがなけりゃ、人前で駄々こねねぇんだっ。こんな小せぇ声で必死に言ってるのに、かわいそうじゃねぇかっ」

かわいそうだと思うなら、どうしてあんなに乱暴なことをしたのか。

僕は怒りに燃えて、問いただそうとしかけたのだけれど、すでに体力が底をつきかけていた。

「ユキ、すぐ帰ろうな。大丈夫だ、俺がおぶって帰ってやるからな」

優しいことを言ったってダメなんだから。鷹司なんか、鷹司なんか…。

「……絶交だ」

言ったとたん、あまりの気分の悪さに、一気に意識が遠のいていった。

次の日、まだ学校へ行くには早すぎる時間に家を出た。

本当は学校なんて休みたかったけれど、そうもいかなかった。

昨日、鷹司におぶられて帰ってきて、朝まで一度も目覚めなかったから、パパを心配させてしまった。もしもまだ調子が完全じゃないなんて言おうものなら、病院へ連れていかれてしまう。病院なんてとんでもない話だった。体調不良の理由はわかっているのだし、第一お金がかかってしまう。月末のこの時期は、一円だって無駄にできないのだ。

「浅海」

よたよたと歩き、根性で学校の敷地に入ったとき、グラウンド脇の小道で呼び止められた。のろのろと顔を上げると、平石だった。ジャージを着ているから、野球部は朝練なんだろう。

「話がある」

できれば今は誰とも話したくないのだけれど、返事をしなくても、平石はどんどん歩いていってしまう。

仕方なくあとを追うけれど、正直なところこれ以上歩きたくなかった。

体はだるいし、とにかく眠い。ダメージを回復させようと、体が眠りの態勢に入っているのかもしれない。

校舎の角を曲がったところで止まってくれて、ほっとした。

「昨日…」

平石は言いかけて、口を閉ざす。何か言葉を探しているふうだった。

「昨日のあれなんだよ」

顔を上げた平石が、ひたと視線を合わせてくる。

以前から美形だとは思っていたけれど、外見の美しさには内面が表れるものなのかと神妙に考えさせられる。平石も野球に対して真摯《しんし》に打ち込むのだろうか。日々鍛練をしている人には、どこかストイックな清廉《せいれん》さがある。ポスト荏原という言葉が褒め言葉ならば、同じ種類の凛とした気配があった。

僕は気圧されたわけでもないけれど、答えようもなく口を閉ざしていた。

「サンジ先輩には見なかったことにして口を挟むなって言われたけど、見たものを見なかったことにはできない性格なんだ」

そういう性格なのだろうと、なんとなく納得する。

「浅海は、荏原先輩の女なのか?」

「女っ?」

衝撃的な言葉に、一気に眠気が覚めた。

「違うのか?」

「違うよ」

即答はできたけれど、声は情けないくらい小さかった。

一方、平石は大きくうなずいている。ほっとしているようにも見える。

「荏原先輩の浅海びいきは、俺だって知ってる。部活のときは黙々と練習してる人なのに、浅海の姿を見つけると練習そっちのけで駆けていくんだ。しかも浅海と笑いながら話してるから、びっくりした。笑わない人だと思ってたから。二、三年の先輩たちも、初めて荏原先輩の笑顔を見たときはポカンとしたって言ってたし。浅海が荏原先輩の幼なじみだってわかったときは、みんな納得してたみたいだけど…」

僕は小さくため息をつく。

やっぱり、ひんしゅくを買っていたんじゃないかと、いない人に向かって心の中で文句を言う。

「浅海は、荏原先輩と仲がいいの自慢かよ?」

「え?」

思いがけないことを言われて言葉に詰まる。今まで、そんなことは考えたことがなかった。改めて考えてみても仲がいいのか悪いのかよくわからない。そういう次元の付き合いじゃないのだけれど、説明するのは難しかった。

「自慢に思ったことはないけれど…練習中に話したのは悪かったよ」

謝っても、平石は首をかしげているだけだった。

「どうして荏原先輩が浅海なんかに引っかかったんだろ。…やっぱり、荏原先輩が弱ってたせいだ。そうなんだろ？」

「平石の言ってること、よくわからない」

今度は僕のほうが首をかしげてしまう。なんだか話の展開についていけなかった。

「浅海みたいななんのとりえもないやつが、荏原先輩に憧れるのは無理ないさ。だからって付け込むような真似は汚いって言ってるんだ。荏原先輩が弱っているときに思いを遂げようなんて卑怯だ」

「はぁ？」

僕はあっけに取られ、素《す》っ頓狂《とんきょう》な声を上げた。

「荏原先輩、野球ができなかったから、ストレスがたまってたんだ。だから、浅海に誘われて、断れなかったんだ。そうなんだろ？」

僕は驚いてしまって、何も言えなくなる。

たぶん、僕は情けない顔をしているに違いなかった。

そんな見方があるなんて想像もしていなかった。事実じゃなくたって衝撃を受けてしまう。

ここに鷹司がいたら、的外れな言葉なんかで情けない顔をするなと笑うかもしれない。

どうして憎らしい鷹司がいることを想定してしまったのかとはっとする。しかも、思い浮かべたのは鷹司のクマちゃんスマイルだったから、憎々しい気持ちでいっぱいになる。昨日の今日でどうして笑えるのかと、想像した鷹司を殴りたくなった。

僕は唇をかみ、平石の薄茶色の瞳を鷹司の瞳に見立てて、真っすぐに見つめた。

「もう、鷹司の話はしたくない。絶交したんだ」

きっぱりと告げると、平石ににらみ返されてしまう。

「絶交なんて子供が気を引くときにするやつだろ。そうやって、たぶらかすなよ」

気を引くつもりなんてあるわけがない。距離を取りたい一心なのに。

いよいよショックを受けてぼうぜんとしてしまう。

平石が朝練に戻っていっても、僕はしばらくその場に立ち尽くしていた。


太陽がまぶしくて、仕方なかった。

僕は屋上で仰向けに寝転がりながら、日差しをさえぎるように腕で目を覆っていた。

平石と話したあと、僕は教室へ向かう気になれず、ここまで上ってきてしまった。

平石に言われたことは的外れなことばかりだったはずなのに、もしかしたら、こんなことになったのは僕が悪かったのかという気分になってくる。

僕は甘かっただろうか。

最初に抱きたいと言われたとき、聞かなかったふりをしてはっきり拒絶しなかったのがいけなかったのか。それとも、ケガをした鷹司に同情して優しくしたのが悪かったのか。そもそも、いやだと思いながらもここまで鷹司と付き合ってきたのが悪かったようにも思う。

けれど、付け込まれるすきがあったとしても、あんなにいやがったのに無理やりするなんてあんまりだ。

「おい、生きてるか？」

鷹司の声だとわかったけれど、僕は目を閉じたままでいた。

「今朝ユキんち行ったら、もう出たって言われたのに、学校に来たら教室にいねぇじゃねぇか。授業が始まるまで教室にいたけど戻ってこねぇからあせったぞ。まったく、こんなところにいて心配させやがって」

たいしてあせっていない声を出される。始業のチャイムが鳴ったばかりだから、時間的に言ってもあちこちを捜したわけではないだろう。

すぐに見つけられたというのも、行動範囲を把握されているみたいでいやだけれど。

「…ユキ、まだ具合悪いのか？　それとも、怒ってんのか？　昨日のこと、怒ってんだろ？　でも俺、謝らねぇぞ」

信じられない言葉に僕は耳を疑う。

謝らないのも信じられないけれど、謝らないとわざわざ言う神経が信じられない。

「だってさ、ユキを抱けると思ったから頑張って投げたんだし、ケガしたときも治ったらご褒美をもらえると思っておとなしくしてたんだ」

おとなしかったのはそんなことを考えていたせいだったのか。療養中に元気がないのが気になって、腕が痛いのかもしれないとか、精神的なショックがあるのかもしれないとか、あれこれと気を回したのが馬鹿みたいだ。

「それに、本当は褒められてもいいくらいなんだぞ。ご褒美にかこつけなくたって、俺、そのうちやっちまったぜ。我ながら我慢したほうだって感心してるくらいだし。うん、ユキには褒められてもいい」

僕は怒りのあまり、ブルブルと震えてきてしまう。

「鷹司」

僕はむっくりと上体を起こした。

この身に起こった不幸を、悠長に嘆いている場合でも、反省している場合でもない。

「おっ、しゃべった。昨日絶交って言われた気がしたから、やばいと思ってたんだけど、あー、よかった」

無邪気に喜ぶ鷹司を張り倒してやりたいと思いつつも、僕は真面目に問いかける。

「一つだけ尋ねたいんだけれど、僕は鷹司のことをたぶらかした？　つまり、鷹司をそそのかすような発言とか態度とかをしたかってこと」

「はぁ？」

鷹司は何のことかわからない様子だった。

やっぱり僕と同じ反応だと、ほっとする。

「いつユキがそんなことしたんだ？ ……したのか？ おい、俺が知らないうちにしてた？」

だんだん前のめりになってきてしまい、近寄るなと鷹司の肩を押しやる。

「してない」

「なんだよ。気をもたせやがって」

恨み言を言われる筋合いはないのに、恨《うら》めしそうな顔をされてしまう。

「俺はもう、ユキのこと好きで好きでしょうがなかったんだから、そんなことされてたら、こんな待たないでその場でやってたって」

尋ねられたことにだけ答えればいいのに、よけいなことまで言い出す。さらに調子に乗って続けている。

「もう普通じゃねぇくらい好きだったんだよなぁ。気が付いたときには毎日ユキで抜いてたし。小四くらいからずっとだぞ、十年近くもよく我慢したと思わねぇ？」

「え……。鷹司が小四っていうと、僕なんかまだ小二だ」

そんなころから十年近くも欲望の対象にされていたなんて、ふっと気が遠くなってしまう。

「うーん、ユキが小せぇときはさ、もう激烈にかわいかったよなぁ。いつもニコニコしてて、優しくて。ケンカしたあとにふてくされてユキんとこ行くと、『おケガをするから、お友達をぶっちゃダメだよ』とか言っちゃって、すぐに手を握ってくれんの。俺のこと心配してくれてさ。そりゃ、もう、天使さんみたいだった」

「違う…」

僕はクラクラしてきた頭を軽く振る。

「…それは違う。相手の子がケガをするから、殴ったらいけないって注意したんだ」

それに、手を握ったのは、僕が鷹司の拳を警戒していたからだ。子供なりの知恵で、手を握っていれば殴られなくてすむんじゃないかと思っていた。

「そうだっけ？　なんにしたって、俺の天使さんだぜ。あのころから…いや、たぶんもっと前から、ユキは俺のものだ」

鷹司は相好を崩して、照れてさえいる。

「なんで僕が鷹司のものなんだよ。そういうのは、普通、片思いって言うんだ」

「なに言ってんだ。ユキは俺の言うこと聞くだろ。だから、俺のものだと決めた時点で、俺のものも同然だ」

「なにそれ…」

あまりの勝手さに、二の句が継げなくなる。

「まあ、そうはいっても、身も心も全部俺のものにするには時間がかかるだろうって、覚悟はしてる。昔からユキは頑固だから、すぐに心をくれねぇのはわかってる。けど、俺はユキなら体だけでも先に欲しい」

怒髪天《どはつてん》ものの勝手なことを言い出されて、僕はわなわなと震えた。

確かに僕は甘かったかもしれない。平石に言われたような、たぶらかしていたつもりはまったくないけれど、僕の態度が甘かったから付け上がらせてしまったのだと認めてもいい。

「……わかったよ」

「そうか。今日は物わかりがいいな」

へらへら笑っている鷹司に、僕は大きくうなずいて見せる。

「絶交なんか意味ないって、よくわかった。これはもう絶縁しかない」

「へ?」

「ぜ・つ・え・ん。縁を切るって意味」

今までのように、しばらく口を利かないくらいじゃ鷹司にはわからないのだ。

騙《だま》されて部室に連れ込まれて、無理強いされたのが、どんなにショックだったか。しかも、悪びれもせずに開き直られて、僕がどんなに怒っているか。

鷹司の言うことはたいていい聞いてあげていて、謝らなくたって許してあげていた。今までずっとそうしてきたから、今回もそれで通るのだと思っているのだろうけれど、そうはいかない。

「二度と鷹司とは話さないし、顔も見ない。いない人だと思うことにする」

「なんだそれ」

「お別れってこと。さよならってこと。一生、バイバイッてこと」

僕はぞんざいに手を振って見せ、立ち上がった。

「一生バイバイッて…変なこと言うな。今までそんなこと言ったことなかったじゃねぇか。おい、本気じゃねぇんだろ？　なあ、ユキ、よせって」

立ち上がった僕の周りを鷹司がうろうろしていた。歩き出すと、後に先にと、ついて回られる。大きすぎる図体は、どうやっても視界に入ってしまうけれど、動くオブジェかぬいぐるみだと思って無視を決め込んだのだった。


教室に戻った僕は、次の授業が体育だと気づいて脱力した。体育は絶対に無理だから、さっさと早退することにした。

家路をたどりながら早退の理由を考えていたのだけれど、結局パパへの言い訳は必要なかった。パパは部屋で死んだように眠っていて、声をかけても反応しなかった。昨夜の看病疲れだと申し訳なくなり、パパの代わりに店番をすることにする。

僕は店番をしながらも、お客さんが来ないのをいいことに、ぐったりとレジの横につっぷしていた。いつもなら、店番をしながら鉢物の手入れをするのだけれど、今日は動き回るのは無理そうだった。

「チハーッス、パパさん…ってユキじゃねぇか。なにやってんだ、早退したんだから寝てろよ」

夕方近くになったころ、入り口から鷹司が入ってきた。あまりにも平然と話しかけてくるから、思わず目を合わせてしまう。

「店番なら俺がやってやるから、ユキは寝とけ。何度かパパさんの代わりに店番したことあるから心配ねぇぞ。俺、意外と商売上手だってパパさんに褒められてるしさ。女に受けがいいんだって」

冗談じゃなかった。無愛想な鷹司が商売上手のわけがないのだし、仮にそうだとしても、今はもう他人になった鷹司なんかに大事な店を任せられるわけがない。

ホウキでゴミと一緒に鷹司を外へ追い出そうとしたとき、タイミング悪くお客さんが入ってきてしまう。

「すみませーん、外にあるアジアンタムの鉢植えをもらいたいんですけど？」

「いらっしゃいませ」

「いらっしゃい！」

僕がホウキを置いている間に、鷹司が威勢のいい声で飛び出していく。

「あー…こいつね。こいつはかわいいけど、ちょっと弱いんだ。小せぇうちから育てるの大変だから、となりの少し育ったやつのほうがいい」

僕が出ていく前に、鷹司が接客をしだしてしまう。

「そうなんですか？」

「そう。俺も前に小せぇの家で育てようとしたんだけど、すぐ枯らしちゃって悲しい思いしたから、でかいやつのほうが絶対オススメ」

鷹司にしてはかなり頑張って声をかけているのだけれど、顔が笑っていないし言葉遣いもなっていない。しかも五百円も高い鉢植えを勧めてしまったりしている。

「うーん、どうしようかな…あれ？　野球部の荏原くんだよね？　普段は無口なイメージがあるから、すぐ気がつかなかったよ。ここでアルバイト？」

鷹司のほうは首をひねっている。誰だかわからない様子だ。

「B組の花島三奈《はなしまみな》よ。ブラスバンド部の部長もしているから、野球部にあいさつに行ったこともあるんだけど？」

鷹司はなおも首をかしげている。人の顔や名前を覚えない鷹司のことだから、たぶん、本当にわからないのだろう。

花島さんが気を悪くしたんじゃないかと、僕はハラハラしながら二人のところへ近づいていく。

「とにかくさ、忙しい部長さんなら、絶対こっちだよな？」

鷹司にしてはナイスフォローだけれど、何も僕に笑いかけることはない。

笑顔に思わずむっとしながらも、花島さんの視線を感じ、おとなしくうなずいた。

「そうねぇ、忙しいと言えば忙しいし、でも、そんなに難しいなら私に育てられるかしら…」

花島さんは上目遣いに鷹司を見ている。接客態度が悪いだとか、名前すら覚えられていないだとかに気を悪くしている様子は全然ない。

「大丈夫、水やりの間隔はタッグに書いてあるとおりやればいい。ああ、家に霧吹きはあるか？花用の霧吹きじゃなくても、スプレータイプの洗剤とかの容器でいい。一応うちの店には花用を置いてあるから見てみるか？　スケルトンタイプでけっこうかわいいから、片付け忘れてもインテリアって言い張れるかもな」

鷹司は、フットワークも軽く売り物の霧吹きを店の奥から取ってきて、すぐさま花島さんの手に持たせている。もしもこれがお人よしのパパならば、霧吹きをプレゼントしてしまうところだけれど、鷹司はきっちり買ってもらうつもりでいる。

「あ、ほんと。小さくてかわいい。そんなに高くないいし。じゃあ、これも一緒にください」

「はい、３９００円の消費税で、４０９５円になります」

ややこしい消費税の暗算も素早くて、僕の出る幕はまったくなかった。

「どうもー、またどうぞー」

ビニール袋に入れた鉢植えを花島さんに渡すと、わざわざ店先まで送り出している。頭を下げる代わりに、軽く手を上げていた。店員としては失格なのに、いつもより愛想のいい鷹司を見て、花島さんはまんざらでもなさそうだった。

確かに鷹司は目付きさえ悪くなければ、それなりに人好きのする顔だ。

野球をしているときも女性ファンが多かった。鷹司クラスのピッチャーにファンがいるのはあたりまえだと思っていたから特に気にしたことはなかったけれど、これはもしかしたら野球をのぞいたところで人気があったのかもしれない。

「なんか、気に入らない」

僕は口の中でぶつぶつとつぶやく。

そういえば、昨日も変だと思ってた。鷹司は、きっと初めてじゃない。

僕はだいぶ混乱していたし、経験がないから具体的なことはわからないけれど、なんとなく初めてとは思えなかった。手慣れているなんて、おかしいのに。

あんな暴挙に出るくらい僕のことが好きだと言い張るなら、初めてじゃなければおかしい。僕は初めてなんだから、鷹司も初めてじゃなければおかしい。鷹司の相手が僕じゃないなんて、絶対におかしい。

こだわる場所も多少おかしい気がするのだけれど、そんなことにはかまっていられなかった。

「あー、売れてよかった。俺がいるからまた来るって言ってたし、これで常連客ゲットだ。な、俺、頑張ったろ？　ユキのために頑張ったんだぜ」

鷹司は褒めて欲しそうな顔で戻ってくる。

その顔がスケベ面に見えてしまい、僕の怒りは一気に沸点に達した。

「ユキ？　…うわっ、なにすんだ」

「出てけ！　鷹司なんか出てけ！」

バケツに入れて水上げしていたガーベラを、次々に投げ付けてやる。

昨日はへろへろだったから怒る気力はなかった。今朝、屋上で会ったときだってこれほどの怒りを感じなかったけれど、今はもう顔を見るだけで腹立たしい。

「ユキ、うわっ、よせっ、いきなり怒り出すな。それ売りもん！　売りもんだって！」

「うるさーい！　出て行けってば！　バカァーッ！　絶縁だって言っただろー！」

投げ付ける花を、ヒョイヒョイかわされてしまうのがますます気に入らない。僕は怒りのあまりバケツを持ち上げようとして…体調不良のため持ち上がらなかった。

バケツはあきらめ、ショーケースのガラス戸を開ける。

「バラだ。下のほうに、まだトゲを取ってないバラがあったはずだ」

ぶつぶつつぶやいていると、横からストップがかかる。

「わかった。わかったって。帰るから、バラはよせ。高いやつ投げたら、メシが食えなくなるぞ。本当に帰るから。ほら見ろ、もう足が外に向かってる。…今日は帰るけど、またな」

じりじりと後ずさる鷹司を、思いっきりにらみつける。

不条理な怒りだとしたって、かまうもんか。

積年の恋が聞いてあきれる。

「二度と来るなー！」

声が嗄《か》れるほどの大声で叫び、鷹司を追い払ってやったのだった。

らちが明かないと気づいたのは、いくらもたたないうちだった。

並々ならない覚悟で絶縁状を叩きつけたのは、つい半月前のことなのに、すでに絶縁の意味をなさなくなっている。

野球をしていないせいで、時間と体力があり余っているのか、それとも絶縁には鷹司なりに思うところがあるのか、僕にぴったりと張り付いて離れようとしなかった。

登下校のときはちゃっかりと僕のとなりを歩いているし、休み時間のたびに教室にやってくる。家に帰っても、鷹司は家の中までついてきた。パパと仲よしなのを理由に上がり込み、うちの居間の畳でゴロゴロしながら夜更けまでパパと話をしているありさまだ。

絶縁してからのほうが一緒にいる時間が長いだなんて、こんなはずじゃなかったのだけれど。

「ユキ、昼飯食うぞ」

昼休みの教室に、動く大きなクマのぬいぐるみが顔を出すと、あたりは一斉に静まり返った。

うちの学校で鷹司を知らない生徒はいない。入学案内のパンフレットの表紙になったのもあって、文字どおり城南の顔とも言える存在だ。そんな憧れの先輩を間近にして、最初のころはみんな単純に喜んでいたけれど、暴れん坊の本性が暴かれるにつけ、このごろでは緊張がみなぎるようになっていた。

野球部の平石でさえ、下手なことを言うと怒鳴りつけられてしまうのだから、あまり面識のない一年生がおそれを抱くのは仕方がないだろう。

「おらっ、そこのチビスケ、もっと向こう行け。ユキの半径一メートル以内に近づくんじゃねぇ。ユキは窮屈なのは嫌いなんだ」

「ひ～、すみませんっ」

今日の鷹司は機嫌が悪いらしく、意味もなく威嚇《いかく》して、僕のとなりの席の人を追い払ってしまう。僕の席の周辺ががら空きになったところで、すかさず平石が机を三つくっつけ、まるで仲よしグループの食卓を作った。

「荏原先輩、どうぞ」

にこやかに促す平石を、鷹司はジロッとにらみつけてから、横柄な態度で座った。

僕はいつものように一連の状況を無視してお弁当を広げる。それを合図に鷹司と平石がお弁当を食べ始めた。

「そういえば、荏原先輩、腕の調子はどうですか？　もうだいぶいいんじゃないですか？」

「…ああ」

よせばいいのに、平石はご機嫌うかがいなんかをして、鷹司の眉間のしわを深くさせている。

鷹司は教室に入ってきたときからあからさまに不機嫌な顔をしているのに、平石は少しも気づいていないようだった。

「荏原先輩、よかったら練習見に来てください。秋の大会が終わってから、みんなだらけ気味で緊張感に欠けるんですよ」

「サンジに言え」

鷹司はとてつもなくぶっきらぼうな態度で、面倒臭そうに返事をしている。

「はい。でも、個人的に高速スライダーの投げ方を教えてもらえたら嬉しいんですけど…」

「サンジに言え」

「…あの、高速スライダーですよ？　サンジ先輩はキャッチャーだから、投げ方は知らないんじゃ…」

「ゴチャゴチャうるせぇっ。なんでもかんでも、サンジに言えばいいんだっ！」

「すみませんっ、わかりました」

無茶苦茶なことを言われたのに、平石はあわてて謝っている。

気の毒だけれど、今の鷹司に頼み事をするほうがどうかしている。いつも無愛想なのでわからないかもしれないけれど、今はいつも以上に目付きが悪い。

縁を切ったのだからフォローなんてしないし、平石にもわざわざ教えてあげたりはしないけれど、こういうときの鷹司には話しかけないでいるのが一番だ。そのうちに機嫌を直すのだから、ただ待っていればいい。

僕は待っているわけでは決してなく、となりの鷹司を完全に無視してお弁当を食べ続けた。

半分くらい食べ終えたころ、多少機嫌が直ったらしい鷹司が話しかけてくる。

「……ああ、ユキの弁当、またモヤシだらけになってきたなぁ。見張ってないと、すぐユキんちのおかずはモヤシになるんだもんな。ほら、唐揚げやるから食え」

僕のお弁当箱に唐揚げを入れてくる。

僕が口をつけないでいると、鷹司はその唐揚げを自分の箸《はし》でつまみ、予想どおりそれを僕の口にぐいぐい押しあててくる。

口を開けずにいると、鷹司はあきらめたのか唐揚げを引っ込めた。

「ま、いっか。間接チューだし、ごちそうさん」

あっと思った瞬間に、唐揚げは鷹司の口の中に放り込まれていた。

「ユキがチューした唐揚げ、ウマウマッ」

おかしなことを言い出すのは今に始まったことじゃないけれど、人前でやられるとげっそりしてしまう。

これでまたあとで平石に厭味《いやみ》を言われてしまうかもしれないし、こんな不毛な仲よしグループはいい加減うんざりだった。

「よし、こっちの唐揚げもユキとチューだ」

再び唐揚げを口元に近づけられる。口にくっついてしまう前に、僕は立ち上がった。

「もういい」

「なんだ、もうごちそうさまか？　ユキは弁当食うの早いよなぁ。どこ行くんだ？　昼寝するなら俺も付き合うぞ」

僕はじっと鷹司の顔を見下ろし、深くため息をついた。

「もうやめる。絶縁なんてやめるよ」

「そうか、やっとやめる気になったか」

鷹司は、くしゃくしゃっとクマちゃんスマイルを見せた。

僕と一緒にいても、近くに人がいるときはこんな笑い方はしないのだけれど、よほど嬉しいらしい。

「鷹司と話したいことがあるから、それ食べ終わったら移動しよう」

「もう食い終わる。あと一口で食うから…よし、行くぞ」

鷹司は、残りのお弁当を本当に一口でかき込むと、もぐもぐしながら立ち上がった。

「どこ行く？　天気がいいし屋上にするか。ユキも俺も高いところ好きだし、あそこは穴場だから内緒話もできるしな」

やけに嬉しそうな様子に、どっと疲れを感じてしまう。

絶縁なんて全然意味がなかった。今までの絶交だって僕自身の気休めみたいなものだったけれど、今回のは意気込みが大きかった分効果がなかったのががっかりだ。

こうなったら、あれしかないのかもしれない。半月間考え続けていたことを、やっぱり実行するしかない。

背水《はいすい》の陣という気分で、僕は鷹司とともに屋上へ向かった。


「この半月間、よく考えてみたんだけれど…」

僕は屋上のフェンスにもたれかかり、正面にいる鷹司を見上げた。

「…やっぱり、僕には鷹司のセックスフレンドは無理だよ」

鷹司は目をぱちくりさせ、しばらく言葉が出てこないみたいだった。

「……ユキ、すごいこと言ってるぞ」

「鷹司が言ってきたんじゃないか。僕は鷹司を好きにならなくてもいい。だけどセックスはさせろって。つまり、僕にセックスフレンドになれってことなんでしょう?」

「違うって」

「違わない。体だけよこせってことじゃないか」

「ええとな、そうじゃなくて、体は…その、先によこせって言ったんだ。先にってところを抜かすと大変なことになるな」

鷹司は、何がおかしいのかハハハと、笑っている。

「どっちにしろ、びっくりだよ。気持ちの伴わない、いい加減な付き合いが、僕にできると思ってる？」

「それは形から入ってだな、気持ちよくなれば、ユキもそのうち…」

「僕は、そういう適当なの好きじゃない」

とぼけたことを言おうとしているのを、ピシャリとさえぎる。

「そっか…好きじゃねぇか。そうだな、ユキは真面目だからな」

鷹司はようやく軽率さに気づいたのか、ちょっとしょぼくれた顔になった。

「それで、これから鷹司はどうするつもり？」

「どうって？」

「僕のこと恋人として考える気があるのかって聞いてるの」

「恋人…」

鷹司はぼんやりつぶやいている。反応の悪さが、じれったかった。

「まさか、鷹司は恋人になる気もないのに、あんなことしたわけ？」

「そうじゃねぇけど。…なぁ、どうしたんだ？　あんなに怒ってバイバイなんて言ってたのに、半月やそこらでユキの機嫌がよくなるなんてありえねぇ。もう、本当に怒ってねぇのか？」

もちろん、まだ怒ってる。怒ってるから、こんな馬鹿馬鹿しいことをしようとしてる。

絶縁を解消するからって、僕は泣き寝入りなんかしない。

あれから、何度枕を濡らしただろう。二人で過ごした幼いころの夢…鷹司に追いかけ回されていじくり回された日々の夢を見ては、あのころはまだよかったほうだったのだとくやし涙に暮れたのだ。

「鷹司、遠回しにいやがってるの？　恋人になる気がないなら、はっきり言ってくれたほうが親切だよ」

にらみつけると、鷹司はあわてて首を振った。

「そんなこと言ってねぇだろ。ただ、さっきからびっくりしっぱなしで、ドキドキしてるんだって。ユキはドキドキしてねぇのかよ」

ふいに胸のあたりに手をあてられる。大きな手が心臓の鼓動を探して動き回っている。

「あれ？　ユキ、心臓動いてねぇ」

「なに言ってるんだよ。ここらへんだよ」

僕は鷹司の手を心臓の位置に持っていく。

「…早いな」

安心したような、それでいて少し興奮したようにつぶやかれる。

もういいんじゃないかと、すぐにでも手を払いのけたい気持ちを抑えて、僕はじっとしていた。

「本気なのか？　恋人ってのは、その…いろいろありなんだぞ」

鷹司の手がようやく僕の胸から離れていく。代わりに、にじり寄るように体を寄せられた。

僕が逃げるとでも思っているのか、鷹司は僕の体を挟むようにして、しっかりとフェンスを握っている。

逃げるわけがないのに。僕は勝負に出ると決めたんだから。

こうなったら、一回なんてケチなことは言わずに短期間に寝まくって、僕の体に飽きさせてやる。すぐに飽きるはずだ。普通の恋人同士でも回数を重ねるとマンネリになってセックスレスになるのだと聞いたことがある。僕は経験がないからテクニックは皆無だし、もちろん下手なはずだ。鷹司はきっと僕の体に嫌気がさして、すぐに飽きるに決まってる。もしも飽きなかったとしても、反対に僕に溺れさせてからこっぴどくふってやるのもいいかもしれない。

捨て身の勝負でも、勝てると思えばそれほど悪くない気がした。

「体だけとか、心だけとか、僕はそういう薄情なことは言わないよ」

「ユキ、なんかすげぇ」

「そう?」

「ああ、なんか燃えてる感じだ。その調子で、俺の恋人になるのか?」

探るように、じっと見つめられる。

僕はそれこそ復讐に燃えて、鷹司を見つめ返した。

「いいよ。なるよ」

即答したにもかかわらず、疑わしそうな表情で首をかしげられてしまう。

「ユキがこんなあっさりＯＫするなんて、ちょっと信じらんねぇけど……あ、やべぇ、フェンス壊れた」

「え？」

ちらっと見下ろすと、鷹司が握っていたフェンスがぐんにゃりと曲がり、穴が空いてしまっていた。

「ちょっと興奮して、手に力が入りすぎた」

「ケガが治ったからって調子に乗っちゃだめだよ」

こんなときに何をやっているんだと思いながらも、念のために注意をする。

「わかってる。わかってるけど……でも、まあいいや、ユキの気が変わらないうちに、チューしとこう」

フェンスを握っていた手が肩に置かれ、屈むようにして顔を近づけられる。

鷹司を突き飛ばしたくなるのを必死でこらえながら、僕はにらむように鷹司を見ていた。

「大丈夫だから、肩の力抜け。ここじゃいろいろやんねぇから。また部室のときみたいにあせってやって、ユキがぶっ倒れたら困る」

考えてもいなかったことを言われ、眉間にしわが寄ってきてしまう。こんなところで何をするって言うんだろう。

「緊張するなってこと。いや、俺も力が入ってるんだけどな。ほら、いやがられないチューは初めてだから。…ユキ、目つぶりな」

唇を寄せながら言われる。

なんとなく主導権を握られている気がするのが予定外だけれど、僕は黙って目をつぶった。

「震えてても笑うなよ」

そっと触れてきた鷹司の唇はちっとも震えていなかった。

震えているのは僕のほうだ。覚悟をしていても、いざとなるとキスだけでもこわかった。

「やべぇ」

ふと唇を離され、つぶやかれる。

「なんでユキって、こんなかわいいんだろ」

僕は浅く呼吸を繰り返しながら、鷹司をうかがう。

「こんな震えててかわいそうなのに、いろいろやりたくなってきた」

ふいうちみたいにギュッと抱きしめられ、思わず体がこわばってしまう。

「わかってる。チューだけだ」

覆いかぶさるようにもう一度顔が近づき、今度は口の中に舌が入ってくる。

無意識に逃げてしまおうとするのを押さえ付けられ、口の中を熱心に探られた。

そうされると、呼吸困難になるせいか、だんだんと体に力が入らなくなってくる。

「……鷹司」

「大丈夫だ。支えててやるから」

足がガクガクしても、体がだらんとなっても、キスは終わらなかった。

飽きさせるまでするには、こんなことをどれくらいすればいいのだろう。

途方に暮れてしまうくらい、長くてねちっこいキスだった。


「…もう、息が苦しい」

深いキスをされると、僕は息継ぎのタイミングがわからなくて、すぐに苦しくなってしまう。

鷹司のベッドに押し倒されて、そうたたないうちに僕は首をひねった。

「もう少しさせろ」

顔を固定されて、また唇を重ねられる。

鷹司のキスはいつもしつこい。復讐の鬼になると決めて恋人になったあのときから、変わらないしつこさだ。かえってしつこくなっていく気がするから、全然慣れられない。

キス以上に、体を重ねるのに慣れない僕だった。

短期間に何度も寝る計画は、三回目にして挫折しそうになっている。週一回、こうして週末に鷹司の部屋に泊まるのだってそうとうな意気込みが必要だ。もっとひょいひょい体を開けるものだと思っていたのに、僕は自分に裏切られている感じがしていた。

「自分から泊まりに来るって言ったんだから、やっぱり帰るなんて言うんじゃねぇぞ」

僕があまり乗り気じゃないのに気づいたのか、けん制球を投げてくる。

「言わないよ。僕はやる気で来たんだもん」

「そりゃ、よかったけど、ユキはいつも口で言うほどには体が興奮してねぇんだよな。俺なんか、ユキが泊まるって言った瞬間から、はち切れそうになってるっていうのに」

僕のズボンの前を探り、確かめるように触ってくる。すぐにズボンを開かれ、僕自身をじかに握られる。

僕だって触られたり、こすられたりすれば、生理的な快感が生まれるけれど、そのあとにされる行為がわかっているだけに、気も漫《そぞ》ろになるのは仕方がなかった。

「自分でやるよりそうっとやってるつもりなんだけどなぁ。…俺の手、マメできてるからな。手だと痛いか？　口でやってやろうか？」

「手でいいよ。いいから、早くやって。途中で止められるといやだ」

先週、初めて口でされたのだけれど、僕はつい泣いてしまったんだった。

突然泣き出したせいで鷹司はびっくりしていたけれど、僕だってびっくりしたのだ。

すごく気持ちはよかったけれど、それ以上に恥ずかしくていたたまれなかった。

「やっぱ、口でやる」

「やだってば。鷹司にしがみつけないとやだ」

僕は鷹司の背中にしがみついて、ずり下がられないようにする。

「ユキは、俺にしがみついてイクの好きだもんな。ビクビク震えるのがわかって、すげぇ、かわいいけど、それだとユキが気持ちよさそうにしてる顔見れねぇんだよな」

「よけいなこと言ってないで、早く」

「わかったから、せかすなよ。ちょっとせっかちだぞ」

あとのことは考えないようにして、鷹司に抱きつく。いつもの姿勢になってから、僕は目をつぶった。

「ユキ、気持ちいいか?」

「…いいよ」

「こうするのと、どっちがいい?」

大きな手であやすように揉まれたり、先端のほうを指先でいじられたりと、巧みに煽られる。

「…どっちも」

「もっとそっとしたほうがいいか?」

「ううん…んっ…っ…」

うまくしゃべれないくらいに僕の息遣いが荒くなってくると、安心したように手の動きが早くなる。

「鷹ちゃ…脚…」

「うん？」

「…脚…巻き付けていい？」

「ああ、あちこち、好きなだけしがみつけよ」

「…ありがと」

「おかしなやつだな。こんなとき、礼言うかよ」

ふっと笑いながら、深く抱き込んでくれる。そうして、一気にフィニッシュまで持っていってくれた。

乱れた呼吸を整えていると、僕が苦しくない程度に繰り返しキスをされる。キスをしながら、シャツのボタンを全部外される。

僕が脱ぐなら鷹司も脱がなくてはいやだから、僕も鷹司のシャツに手をかけた。達したばかりだから細かい作業はとてもおっくうなのだけれど、ボタンだけでもどうにか外そうとする。

「ん？　…ん…や…」

僕が必死に鷹司のシャツのボタンと格闘していると、すっかり丸裸にされた体を確かめるように手でなぞられる。そのうちに唇までつけられ、体のあちこちにキスされる。

「…や…ちょっと、鷹司」

「なんだ」

顔を上げずに返事をされる。

「もう、そういうのはいいから、早くしなよ」

なおも僕の体をいじろうとするのに、鷹司の顔を押さえて止めた。

「なんでだよ、気持ちよくねぇのか？」

いいとか悪いとかいうより、挿入されるまでに時間をかけられるのがいやだった。いつかいつかと、そればかりに気をとられて、神経が消耗してしまう。

「なんだよ、本当によくねぇのかよ。しょうがねぇな。いつもユキがゆっくりさせないから、ちっとも開発できないんだ」

「じれったいのは嫌いなんだよ」

「…けど、今はよくなくても、そのうちよくなるんだぞ。それに、触るのもなめるのも、俺が好きなの。ユキのピンク色の乳首、小せぇアメみたいでうまそう」

乳首を何度も舌でなめ取るようにされていると、気持ちがいいのか悪いのかわからなくなって、身じろぎしてしまう。少し身じろぎすると、さらに熱心になって、そこばかり舌先でチロチロとなめられる。

「鷹司、しつこい」

「このくらいでしつこいわけあるか。今さっき服脱がしたばっかじゃねぇか。ユキは知らねぇかもしんねぇけど、こういうのは前戯って言って、じっくりしたほうがいいもんなの」

「……でも、僕たち若いんだから、じっくりするより回数をこなしたほうがいいと思う」

もっともらしく反論すると、むっとされてしまう。

「うるせぇな、そんなすぐに突っ込むわけねぇだろ。ユキが気持ちよくなって、体がグニャグニャになるまで今日は入れる気ねぇから、そのつもりでいろ」

やだ。そんなに長い時間をかけられたら、疲れ切ってしまう。ただでさえ後ろに入れられるのはこわくて痛くてつらいのに、その前に消耗したら、途中で我慢できなくなって、最初のときみたいにみじめったらしく泣いてしまうかもしれない。

考えただけで泣きそうになっていると、軽く音を立てて唇にキスをされる。

「馬鹿、ユキが痛がるのがかわいそうなんだよ。先週も大丈夫だって言うからすぐ入れたら、やっぱり痛がっただろ」

「でも…早くしてくれないと、やなんだ。僕、いろいろ我慢できないタチなんだ」

必死に訴えると、目を見開かれる。

「おっまえ、言ってる意味自分でわかってんの？　そんなかわいい声でシテとか言われると、俺だって我慢してんのつらくなんの。誘うのだけはうまいけど…知らねぇぞ」

「うん、早くして」

鷹司は憮然とした顔で、枕の下に手を入れた。滑りをよくするクリームを手にすくい、自分自身と僕の後ろの両方につけている。

すぐに後ろをつつかれ、指を入れられる。

「…っ…」

「ユキ、力抜け。抜き方教えただろ?」

「…ん…」

何度されても慣れないけれど、終わりが見え出したことには、少しほっとしていた。


十一月に入ったその日の昼休み、僕は屋上のフェンスにもたれかかりながら、おなかをクークー鳴らしていた。

寝坊してお弁当を作ってこられなかった僕のために、鷹司は今パンを買いに走ってくれている。ひざを抱えて座って待っていると、だんだん滅入ってきてしまうのは、腹ぺこのせいばかりでもない。

今日は木曜だから、早ければ明日に、遅くてもあさってには週末恒例のお泊まりが待っている。先週末もつらかったから、今週もつらいに違いない。今週は一回休んで、次は来週末にしようか。十月に三回、九月に部室で無理やりされたことを入れても、まだ四回しかしていない。

今のペースも多いほうではない気がするけれど、もしも、二週に一回のペースにしたら、少なすぎるだろうか。

「少ないよなぁ」

基準がよくわからないのだけれど、飽きさせるほどには至らない気がする。計画が狂ってしまうのは困るから、もっと頑張らなければならないのだけれど、やっぱり腹ぺこのせいなのか今一つ気合いが入らなかった。

「なにが少ないんだ？」

突然のように鷹司に声をかけられ、びっくりして飛び上がった。

「…ううん、なんでもない。購買混んでた？」

「ああ、すげぇ混んでたけど、調理パンでも菓子パンでもなんでも買い放題だった。こういうとき体がでかいのは得だ」

身長が頭一つ飛び抜けているせいもあるだろうけれど、きっと鷹司の迫力に圧《お》されて、他の生徒が遠慮したんだろう。いや、鷹司のことだから、殴る蹴るくらいのことはしてしまったかもしれない。

「ケガしなかった？」

ちょっと気になって、となりに座った鷹司を見つめる。

「俺はな」

「…右手はだめだよ。もう元どおりなんだから、利き手で殴ったら大ケガさせちゃうよ」

「わかってるさ。左ひじで、ちょこっとつついたくらいだ」

「左ひじって…」

左とはいえ、鷹司のエルボーを食らった人は大丈夫だったかと、少なからず心配になる。

「死んじゃいねぇから、気にすんなって。それより、早く食え。ユキ、腹へった顔してるぞ」

次々と出されるサンドイッチやコロッケパンに、僕はかじりつく。

鷹司も腹ぺこだったのか、すごい勢いで食べている。

「今日はユキんち金ないけど、パパさん大丈夫かな。ちゃんと、メシ食ってるかな」

ひとしきり食べておなかを満足させてから、鷹司が僕の家の方角を向いた。家が見えるわけではないのだけれど、僕もなんとなく顔を向ける。

「たぶん、パパは大丈夫。食べるだけなら、不思議と困らない人だから」

「そういえばそうだな。おやつなんか買う金ねぇはずなのに、柿とか、まんじゅうとか、ケーキとか、よく食ってるもんな。あれって、やっぱファンからの貢ぎ物なのか?」

「友達からもらうんだって聞いてるけれど」

「でも、たいてい一個で、ユキの分はねぇんだよな。子供がいるからもう一個くれって言えばいいのに、そういうとこ甲斐性がねぇんだ」

「でも、パパは僕に半分くれるんだよ」

少しむきになって言うと、低く笑われる。

「馬鹿言え。中年男と育ち盛りの高校生が、柿半分で生きていけるか」

「とりあえず生きてるからいいよ」

「ユキには俺がいるからだろ。俺がいなくなったら、ユキは困るな」

「そうかな」

僕はちょっと首をかしげる。

「かな、じゃねぇの。そうなの。こらっ、そうだって言え」

ヘッドロックされてしまい、すぐに鷹司の腕をたたいて、ギブアップのサインを出す。

首は解放されても、代わりに唇をふさがれた。

キスはいつもどおり長かった。

「ユキは、タマゴサンドの味だ」

おかしなことを言いながら、舌で自分の唇をなめている。獲物を食らったあとの猛獣みたいに満足そうにも見える。

僕は返事はせずに、息を整えるのに専念した。息が上がってしまって少し苦しい。

「やべぇ」

鷹司の胸に体を預けっぱなしにしていると、低くつぶやかれる。

なんとなくいやな予感がして、さりげなく体を離そうとするのだけれど、逆に引き寄せられてしっかりと抱き直されてしまう。

「ユキ、しよ」

案の定耳打ちされる。同時に手をつかまれ、鷹司の股間に持っていかれた。

ギョッとしても、切迫した状態を知らしめるように股間に手をぐいぐい押し付けられる。

セクハラだと訴えたいのだけれど、恋人同士でセクハラと言うのかどうかわからずに涙を飲む。

「もう、なんで急にこんな…」

「だってユキのせいだぞ。ユキがぐったりして、やたらと色っぽく息継ぎしてるから腰にきた」

「そんなの知らないよ。落ち着くまで待ちなよ」

「絶対無理。落ち着くもんか。このまま我慢したら、五時間目の授業中鼻血出すぞ」

「僕だって無理だもん。こんなとこじゃ、絶対無理」

「イテテッ、だめだ、もう限界」

鷹司はズボンの前を開いて、窮屈な場所から自分を解放している。

「…わっ…」

そっぽを向いて見ないふりをしていたのだけれど、硬くなったそれを握らされてしまう。

そうして、僕の手ごとしごき出すから、僕は真っ赤になってしまった。

「なんでユキが赤くなってるんだ」

「し、知らない。…早くしてよ。早くね」

うわっ、もっと大きくなってきた。

僕は絶対見ないように横を向いていたけれど、手の中の硬い感触はどうしたって恥ずかしくて意識しないわけにはいかなかった。

「ユキはいっつも、早くって言うのな。本当にせっかちだぞ」

「あっ、ちょっと、鷹司っ」

空いているほうの手で、ごそごそと僕のズボンの前を探られてしまう。

「こっちの手でユキもやってやる。あっ、だめだって、俺のから手を離すな」

「そんなこと言ったたって。わっ、僕はいいから…やっ…ん…」

僕は首を振ったり、体をよじったりするのだけれど、僕自身を握られてしまうと逃げられなくなった。

「うわっ、くる。ユキ、手、止めるなよ」

「だったら…鷹司の手…止めて」

「馬鹿、止めるか。ここで止めたら、ユキだっていやだろ」

「僕はいいんだってば。…本当にいいのっ、午後の授業で眠っちゃうから」

「ぶっ、なんだそれ。笑わせんな」

勝手に笑ったくせに、たしなめるように唇をふさがれる。

僕は鷹司を早く達かせようと手を動かすだけで精一杯なのに、鷹司のほうは僕を触りながらキスまでする余裕があった。

「……も……んっ……んっー」

深いキスをされながら前をいじられると、僕はあっという間に鷹司の手の中に達してしまう。

ほとんど同時に、鷹司にしてはわりとあっけなく達してくれたことにほっとする。

「はーっ、一回じゃ収まらねぇや。ユキ…」

僕は聞こえないふりをして、ポケットからハンカチを取り出して、さっさと後始末をしようとした。

「ユキ」

湿った指が強引に後ろを探り出す。

僕はあわてて身をよじり、侵入を阻んだ。

「今はやだ。ここじゃいやだよ。今夜…今夜にしよう？　今夜、鷹司の部屋行ってもいい？」

苦し紛れとはいえ、勝手に口が誘ってしまう。

復讐の計画を進行させるためには、誘惑して悪いということはないのだけれど、一方で断ってくれないかと願っていた。

「しょうがねぇな。…夜まで我慢だってさ」

息子に言い聞かせるように自分のものをズボンにしまっているのを見て、僕はほっとため息をつく。けれど、飽きるほどする前に、僕は壊れてしまうんじゃないかと、心細くもなっていた。


屋上から駆け足で下りると、チャイムが鳴り終わる寸前に教室に入れた。こんなにあれこれと運動をしてしまったら五時間目は本当に眠ってしまうかもしれないけれど、とりあえず授業に間に合ってほっとする。

「浅海」

後ろから肩をたたかれ、振り返ると平石だった。

「わっ、出…」

出たという言葉をかろうじて飲み込む。毎日同じ教室で過ごしていても、なんとなく神出鬼没のイメージがあって、まるでお化けでも見たような反応をしてしまう。

実際、平石に声をかけられるのは久しぶりだった。鷹司が教室に昼食を食べに来ていたころには、鷹司がいなくなってから必ず一言二言厭味を言われていたけれど、屋上で昼食を食べるようになってからは、それもなくなっていた。

「…ちょっと驚いて。なに?」

僕はコホンと咳払いをして、動揺をごまかした。

「荏原先輩と飯食ってたんだろ?」

「…うん」

何か言われやしないかと、僕はなんとなく身を引きながら返事をする。

「ドラフトの話聞いたか?」

「ドラフトって、プロ野球のドラフト会議のこと?」

想像していなかった話題に、ふと引き込まれる。

「荏原先輩がドラフト指名候補になってるって話だぞ。本人から聞いてないのか？」

「聞いてない」

聞いていないからこんなに驚いている。

にわかには信じられない話だった。

鷹司は七月末に大ケガをしたから甲子園では投げていない。もちろん本大会に出られなかった選手の中からでもドラフト会議で指名されることはあるけれど、本当に鷹司が指名候補に挙がっているんだろうか。

ケガをしてから三カ月たった今、生活をするには何の支障もない。体育の授業だって普通にこなしている。けれど、今月になってやっとボールを握り始めたくらいなのだから、投手として本格的にボールを投げるような段階じゃないはずだった。

「本当に聞いてないのか？　ドラフトだぞ。野球選手の就職先を決める大事な会議のことなのに、なんで聞いてないんだ？」

「なんでって言われても、本当に聞いてないんだ」

「…ふうん。なんだ。荏原先輩、浅海には大事な話しないんだ。じゃあ、サンジ先輩に聞いてみるからいいや」

あきれたように言われ、僕は少しむっとした。

「気になるなら、鷹司に直接聞いてみればいいじゃないか」

「荏原先輩に気軽に聞けるなら、浅海なんかに聞くか」

今度は平石のほうがむっとしている。一瞬後、何かを思いついたふうに、茶色の瞳が陰険に光った。

「けどさ、浅海って、かわいい顔してけっこうやるのな」

突然何を言い出すのか、やっぱり変なことを言われてしまいそうな気配だ。

「荏原先輩に誘いをかけて、誘いに乗ってきたところを見計らって、無視してみたり。半月くらい無視してたかと思うと、また誘ってみたり。駆け引きってやつ？」

このごろ作戦を立てて誘っているのは事実だけれど、半月前までのことを作戦だと取られるのは心外だった。

だいたい、そのころの僕は、男同士で抱き合うなんて考えたこともなかった。しかも、うっとうしい幼なじみとは離れたいくらいのもので、恋人になりたいなんて思うわけがなかった。そんな僕が誘う真似をするはずもないけれど、平石に個人的なことを詳しく話したくはない。

「荏原先輩、今のところ浅海の罠にはまってるけど、そのうち罠から抜け出すに決まってるんだから、いい気になるなよ」

さらに意地悪な目付きで言われる。

「…悪いけど、平石の言ってること、ちっともあたってないよ」

僕は、せめて何か言い返せないかと、口にした。

確かに鷹司のことはこれから罠にはめるつもりではいるけれど、まだ全然うまくいっていない。だから、いい気になるどころか、日々精進しようと、僕は必死に頑張っているくらいだ。

「じゃあ、浅海は荏原先輩と一緒にいるとき、なんの話してんだよ？」

「なんの話って…」

突然言われても、すぐに思い浮かばなかった。

「もしかして、話してないのか」

どういう意味かとじっと見ると、逆にジロジロと上から下まで観察された。

「今日はあんまり制服汚れてないな」

僕はギクッとして、つい自分の制服を点検してしまう。

「へぇ、なんか思いあたることでもある？」

「そ、そうじゃないけど」

口では否定したものの、ついさっきまでしていたことを思い出して、頬が勝手にほてってしまう。

「なに一人で赤くなってんの？　やっぱり、大事な話もしないで、変な趣味に耽《ふけ》ってたんじゃないか。それでよく白々しくも先輩の前でウブなふりできるよな。さっきから変な顔してると思ったけど、ああ、やだやだ、予想どおりかよ」

反論したい気持ちもあるのだけれど、それよりも気になってしまうことを聞く。

「変な顔って？」

「変な顔は変な顔だろ。すごく変だ」

「ウソ…」

僕は思わず顔を隠すように両手で押さえた。

「…ちょ、ちょっと、顔洗ってくる」

「最低だな」

背中に冷笑を浴びせかけられ、僕は逃げるように教室を飛び出した。

飛び込んだトイレで鏡をのぞく。僕の顔のどのへんが変なのかわからないのだけれど、自分では見慣れているからわからないのかもしれない。

人に気づかれるほど変な顔をしているなんて、どうしたらいいんだろう。それもこれも鷹司が学校であんなことをするせいなんだから。絶対、今夜文句を言ってやる。

ふと今夜もベッドの約束をしたことを思い出して、へなへなとしゃがみこんでしまう。

思い出しただけで気疲れした僕は、午後の授業をまるまる二時間分、空いている教室でサボタージュするはめになった。

「あれー？　ユキちゃん、今日は一人か？」

その日の放課後、靴箱の前で野球部のサンジさんに声をかけられた。

「はい。鷹司、今日は担任の先生に呼ばれてるからって」

「ああ、ドラフトの件かな」

「…みんな知ってるんだ」

思わず、独り言が大きくなっていた。

「みんなって？」

「あ…昼休みに平石がそんな話をしてたから」

「徹？　あいつは、本当に情報早いなぁ。ドラフトの件で球団から学校に連絡が入ったのって、今日の昼休みだぞ。俺はたまたま職員室で野球部の顧問と話してたから、そこで聞いたんだけど。…ま、徹は地獄耳だからな。いつだって、どっからか情報を仕入れてくるような、なんか変わってるやつなんだ」

「そうなんですか」

今までだってにらみつけられたり意地悪を言われたりしてこわかったけれど、そんな妙技を持った底知れないやつだったのかとそら恐ろしくなる。

「まあ、ピッチャーなんてどいつもこいつも変わってるよな。荏原といい、徹といい、わけわからん」

「そう。そうなんですよね。理解不能なんですよね」

僕は何度も大きくうなずく。なんだか仲間が見つかったときみたいに嬉しかった。

サンジさんも、うんうんと、おおらかそうにうなずいてくれる。

「ところで、ユキちゃん、あれからどうだ?」

「あれからどうって?」

「あ、変なこと聞いたかな。答えたくないなら、答えなくていい。茬原の機嫌がいいんだから、うまくいってんだよな。あのとき、なんかやばそうだったから、気になってたんだ」

そこまで言われて話が見えてくる。

あのときというのは、部室で無理やり抱かれたときのことだ。

「…いえ、別に」

思い出すと、いまさらながらばつが悪かった。

「悪い悪い。なんか、俺、なれなれしいな。よく考えてみたら面と向かって話をするの初めてなのに、昔からの知り合いみたいな気がしちゃってさ。ユキちゃんが入学してくる前から、茬原に話を聞いてたせいかな」

「どんな話ですか?」

昔から好きだったとか、僕で抜いていたとか、まさか僕に告白したような恥知らずなことを、サンジさんにまで言っているんだろうか。

思わず眉をひそめてしまうと、手をヒラヒラされた。

「いやいや、別にたいした話じゃない。荏原はああいうやつだから、自分からしゃべったんじゃないし。ほら、あいつは、ユキちゃん以外のやつとは面倒臭がってほとんど話そうとしないだろ」

うなずく場所なんだろうけれど、僕はあいまいに首をかしげた。

「…ええとな、鷹司はふだんは練習熱心なやつなのに、ときどきポッと部活を休むことがあったんだ。休んだのが練習の日ならともかく、試合の日となると、バッテリーを組んでる俺としては理由を聞かないわけにいかなくてさ。そういうとき、荏原の口からユキちゃんの名前が出てくるわけ。ユキちゃんと、ユキちゃんのパパが一緒に熱出して寝込んでたから看病してたとか。ユキちゃんのパパがぎっくり腰になったから、病院に連れていってたとか」

僕とパパが一緒にインフルエンザにかかったのは今年の三月だ。パパが腰を痛めたのは、昨年の六月だったたか。

「すみませんでした。試合があるなんて知らなくて。鷹司、言わなかったから」

「いや、いや、そんなつもりで言ったんじゃなくて…まあ、試合っていっても練習試合だったたっけかな。他のピッチャーの練習にもなったから、結果的にはよかったしさ。荏原は先発完投型のピッチャーだから、あいつが投げると他のピッチャーの出番がなくなる」

サンジさんは、少し遠い目をした。鷹司と一緒に甲子園を目指していたころは楽しかったのだと、そんな目をした。

「甲子園出場、誇らしかったです。ありがとうございました」

本来ならおめでとうと言ったほうがいいのに、鷹司がとてもお世話になったのだと思うと、なんとなく幼なじみとしては頭を下げてしまう。

「いや、こっちこそ。荏原のおかげで甲子園まで行けた。でも、あいつが投げられなかったのは、ホントくやしかったなぁ。あいつのすごい球、みんなに見せてやりたかったな」

僕はコクンと一つうなずいた。

この人は、仲間だ。鷹司の仲間だけれど、僕の仲間でもある気がした。

「サンジさんは、野球続けていくんですか?」

「ああ、俺はドラフトは引っかからないから、先に大学のセレクション受けてあるんだ。結果待ちだけど」

「セレクション?」

「大学のスポーツ推薦制度」

「ああ…きっと受かってますね」

小さく笑いかけると、太い笑顔が返ってきた。

「鷹司は、春夏通じて一度も甲子園で投げてない。しかも、利き腕を大ケガして、今も投手としてはリハビリ中の身だ。なのにドラフトに引っかかるんだから、たいしたやつだよ」

「サンジさんもすごいじゃないですか。僕もサンジさんの話、鷹司から聞いてましたよ」

「へぇ」

「俺がスカウトしてきたんだから、技術も人柄も完璧なキャッチャーだって、なんだか威張ってました」

「初耳だなぁ」

嬉しいのを隠しきれないふうに、地面に向かってニマニマと笑っている。

「ユキちゃん、嬉しがらせるのうまいや。さすが荏原の…」

サンジさんは、思案したふうに首をかしげ、うんうんうなずいた。

「…荏原がかわいいって言うだけある。顔もかわいいけど、性格はもっとかわいい。癒し系ってやつ」

他意はなさそうに笑いかけられたけれど、僕は複雑な気分になる。

癒し系だなんて、そんな面倒臭そうな役回りをするのはいやだった。

「すまん、変なこと言ったか？　よけいなことまで言うのがいかんのよ、俺は」

自分の頭を、二度、三度と叩いている。

「いいえ、いいんですけれど」

「話し込んで悪かったな。気をつけて帰ってな」

「はい。…あ、鷹司を指名する球団ってどこなんですか？」

「ああ、ユキちゃん、まだ聞いてなかったか。タイへーだってさ」

「タイへー…」

何度もリーグ優勝をしている名門チームだ。監督も温厚そうで選手を抑え付けるようなタイプじゃない。やんちゃな鷹司のことも、おおらかに育てていってくれそうだ。確か年棒の高い選手も大勢いたはずだから、お給料のことを気にしていた鷹司とも折り合いをつけてくれるんだろう。いろいろな面で、鷹司が所属するのに悪いチームじゃない。ただ、本拠地は福岡だった。

「ユキちゃん？」

「あ、ありがとうございました。さようなら」

かろうじて頭を下げて、サンジさんと別れた。


次の日の朝、学校へ行こうと家を出ると、玄関の前に鷹司が憮然とした顔付きで立っていた。

「昨夜、なんで勝手に帰ったんだ」

朝のあいさつもなしに詰問される。

昨夜は予定どおり鷹司の家に行ったものの、なんだか抱き合う気分にはなれなかった。それでも適当にゴロンとしていたのだけれど、あまりにもやる気がなかったせいか、途中で気づかれてしまった。鷹司のほうは止めるに止められないところまできていたみたいで、とりあえず最後までしたのだけれど、はっきり言って最悪だった。

このごろほんの少しは慣れたと思っていたのに、いつもよりずっとつらかった。集中していなかったから、もしかしたら無意識にすごくいやがってしまったかもしれない。

「…うん、夜中に目が覚めたら、寝直せなかったんだ」

「だったら、俺を起こせばいいだろ」

「ぐっすり眠ってたから」

「俺と一緒に寝るのやなのか？」

「そんなんじゃないよ。平日だからパパの朝食を作らないといけなかったし」

「理由が増えたじゃないか」

にらまれてしまい、僕は小さくため息をつく。

「だから、一度目が覚めたらもう眠れなくて、そういえばパパの朝食を作らないといけないなぁって思ったの。玄関のカギは夜勤をしてたおばちゃんに締めてもらえたし、問題ないと思ったんだけど？」

「泊まるって言ってたのに、起きたらユキがいなかったんだ。びっくりもするだろ」

「次からは起こすよ」

だんだん面倒になってきて、少しむすっとした言い方になってしまう。それじゃなくても体が痛くてイライラするのに、朝から怒られたらたまらなかった。

「昨日、ユキは全然達けなかっただろ。だから、すごく痛がって暴れてたのに、けっこう無理やりっぽくやっちまったから、怒って帰ったのかと思ったんだよ」

ふてくされたように言われる。

「そんなことじゃ、怒らないよ」

「そんなこと？　大事なことだろ」

「とにかく、学校行かない？　遅刻するよ」

お互いにむすっとしたまま、連れ立って歩き出す。

「…体、平気か？」

「慣れてきたからね」

「どこらへんが慣れてきたってんだ。ユキはちっとも慣れてねぇぞ」

痛いのに慣れたんだと、心の中で反論する。

「…なんかおかしい。昨日のことだけじゃなくって、このごろユキらしくねぇこと多い。絶交…絶縁だっけ、あれを止めたあたりからずっとおかしい気がする。…なぁ、なんか俺に隠してることあるのか？」

少しギクッとしたものの、僕は前を向いたまま首を振った。

それきり黙り込んで歩いていると、校門が見えてきたところで声をかけられる。

「浅海、おはよう」

愛想よくあいさつしてきたのは平石だった。一度も向けられたことのないような爽やかな笑顔だったから、なんとなく気味が悪くなる。

「…おはよう」

「荏原先輩、おはようございます」

鷹司は平石の顔をちらっと確認すると、申し訳程度にうなずいている。

「ドラフトのこと聞きましたけど、タイヘーっていえば今年のパ・リーグの優勝チームじゃないですか。すごいですね。おめでとうございます」

「うるせぇな」

鷹司は低く言っただけだった。

「あれ？　もしかして、タイヘーには行かれないんですか？」

鷹司は平石をジロッとにらんだけれど、すぐに前を向いた。

「それとも別のチームに行かれるんですか？　…プロには行かれますよね？」

「関係ねぇだろ。ユキ、行くぞ」

後輩と話すのが面倒になったのか、鷹司は歩調を速めてしまう。

「でも荏原先輩、そうしたら、いよいよ本格的に練習を再開されますよね。また一緒に練習できるの嬉しいです。荏原先輩はいつから練習に出て…」

「うるせぇっ！」

大きく一喝《いっかつ》され、平石は身をすくめた。

ズンズンと行ってしまう鷹司に、平石はあわてて野球の帽子を取って一礼している。

「鷹司、今朝、機嫌が悪いから」

僕はさすがに気の毒になって、フォローのつもりで声をかける。

「荏原先輩は、俺の前じゃいつだって機嫌悪い」

「あ……」

よけいなことを言ってしまったかと思っているうちに、平石は今までの爽やかさがウソのように無表情になった。

「なんで浅海だけ特別扱いなんだよ」

「僕も怒鳴られるよ」

つぶやくように言われ、僕もそっとつぶやき返す。

「ユキッ！」

早速怒鳴りつけられる。僕は長年の慣れでビクついたりしないけれど、大きく息をついた。

「ほらね」

「…行けよ。荏原先輩、待たせんな」

「うん」

歩き出したところで、ボソボソつぶやかれる。

「夜頑張るのは結構だけど、腰が引けて、歩き方変だ。ジジ臭くて、そんなんじゃ荏原先輩に釣り合わない」

憎々しげな声に、僕ははっとした。

釣り合いなんてどうでもいいけれど、変な見方をされてしまうのはいやだった。事実とはいえ、昨夜激しくやったなんて誰にも想像されたくない。

姿勢を正してキビキビ歩くと、体のあちこちが悲鳴を上げた。後ろの平石からは追い立てられるし、前にいる鷹司には名前を連呼されるしで、朝からどっと疲れてしまった。

放課後になっても鷹司の機嫌は直らなかった。

鷹司は僕の教室に迎えに来たものの、朝の続きのように何も話さずむすっとしている。僕に合わせてゆっくりと歩いているところをみると、機嫌を直すつもりはあるみたいだけれど、話の糸口は見つけられないみたいだった。

別に放っておいてもいいのだけれど、朝の態度を多少反省しているようにも見えるから、僕は階段を降り終えたところで鷹司を仰いだ。

「今朝パパに言われたんだけれど、しょっちゅう鷹司の家に泊まったら迷惑にならないかって」

何事もなかったように話しかけると、鷹司はほっとした顔をした。そうかと思うといつもの調子で悪態をつく。

「なに言ってんだ。うちのやつら、ユキが来たらサービス満点でうっとうしいくらいじゃねぇか。『ユキ用のおめざのチョコ』とか、わけわかんねぇもんよこしやがるし」

「ああ、僕、朝はちょっと血圧が低いから、おばちゃんにチョコレートを食べなさいって言われてるんだよ」

「なんだ、そっか。俺が甘いもん食わねぇから、おやつのあまりをユキに押し付けてんのかと思った」

「あまり物でももちろんありがたいけれど、たぶん違うよ」

僕は笑って首を振った。

おばちゃんがくれるのは、僕の好きなメーカーのチョコレートばかりだ。たぶん、わざわざ用意してくれているのだろう。

「パパさんに、よけいな心配すんなって言っとけ。うちのジジババはユキを俺の弟にしたいって今でも思ってんだから、迷惑になんかなってねぇって」

「うーん…そういう話なんじゃなくて、鷹司の家にばっかり泊まらないで、うちにも泊まりに来てもらったらどうかって話なんだ。パパ、さみしがってるみたい。今日は金曜だから、今日あたりうちに来る?」

鷹司はふと足を止め、しばらく考えている。

「それって、単にパパさんの話し相手に来てくれってことか？　それとも、今日もしないかって誘ってんの？」

「え…」

「ユキがいいって言うなら、俺は昨日のリベンジしたいけど、ユキはしたくねぇんだろ」

そういう話だったかと、僕は首をかしげてしまう。

「したくなくもないけれど…でも、うち壁が薄いからだめかな。だめだよね」

心にもないことを言ってみたものの、やっぱりおよび腰になって却下の方向へ誘導していく。

「そんなのなんとでもなるけど、本当にいいのか？　昨日だって、本当はしたくなかったんじゃねぇのか？」

瞳の奥の奥まで探るようにじっと見つめられる。

もちろん、昨日に限らずいつだってしたくなかったけれど、そうと知られるわけにはいかなかった。せっかくここまで頑張って寝てきたのだから、こんなところでボロを出したくない。

「昨日はちょっと調子悪かっただけだよ。夕方あたりから、急に頭が痛くなっちゃったんだ」

「なんだ。…バッカだなぁ、具合悪いならそう言えよ。だったら、無理しなかった」

口では怒りながらも、鷹司はほっとしたようだった。

「今日は頭痛くねぇの？」

横から手が伸びて、額を触られる。額だけじゃなく、もう一方の手で首の扁桃腺《へんとうせん》のあたりも触られた。べたべたとうっとうしいけれど、優しい手つきだった。

「熱はねぇな」

「今日は大丈夫」

やんわりと大きな手をかいくぐりながら、一息つく。

なんとか、昨日の失敗はごまかせたかもしれない。

「じゃあ、今日はユキんち行く。静かにやるから平気だ」

「えっ、やるの？　今日はだって…。あっ、やりたくないとかじゃなくて、ほら、壁が…」

僕はあせるあまり、顔を上げたり下げたり忙しくなる。

「ふだんからユキは小せぇ声しか出さねぇだろ。下手すると俺にだって聞こえねぇくらいなのに、壁の向こうに聞こえるかよ。もし今日に限って声が大きくなりそうだって言うんなら、ずっとチューしててやるし。ああ、ドタバタしないように、俺、腰ゆっくり動かしてやるな」

平気な顔をして生々しいことを言い続けるから、僕はブンブン首を振った。

「やっぱり僕の部屋はだめ。僕の部屋はカギが付いてないもん。どうせするなら、鷹司の部屋でガンガンしよう！」

最後のほうは、やけっぱちになって言ってしまう。

したくなんかないけれど、話の流れがする方向にいってしまったのだから、もうするしかない。

「ガンガンねぇ…、そういう言い方がユキらしくねぇんだよな。ユキがガンガンやってるとこなんて、想像つかねぇし。…まあ、いいや。じゃあ、今日も俺の部屋な。パパさんのほうは、明日、店の手伝いでもして二人がかりでかまってやろうな」

「うん、やろう、やろう」

もうなんでもよくなって、適当にあいづちを打っていく。

一気に機嫌のよくなった鷹司を横目に、気づかれないようにため息をつく。

こんなの予定になかった。立て続けに寝るなんて絶対無理に決まってるのに、僕、大丈夫かな。

何度も何度も隠れてため息ついていたとき、廊下の向こうから中年太りでおなかがでっぷりしている先生に手招きされた。

「ああ、荏原。よかった、まだ帰ってなかったんだな。ちょっと先生と来てくれ」

鷹司の担任の先生みたいなのに、鷹司は無視をして靴箱のほうへ行こうとする。

「おい、荏原、先生を無視するんじゃない。まったくおまえはいつもこうだ」

先生はあわてて駆け寄ってくると、鷹司の腕をむんずとつかんだ。

その先生の手をあろうことか邪険に振り払ってしまうから、僕はギョッとした。

「おっ、すまん、こっちは投げる腕だったな」

先生は気を悪くした様子もなく、逆に謝っている。そうして懲《こ》りずに鷹司の左の二の腕をつかみ、もう一方の手は背中にしっかりと置いた。

「昨日の件でな、校長先生が直接荏原と話したいとおっしゃってるんだ」

「先生、適当にやっといてくれ」

「おいおい、校長先生も心配しておられるんだ。球団には校長先生が電話してくださるみたいだから、そう邪険にするな」

「電話するの顧問じゃねぇのかよ。チッ、面倒臭ぇ」

鷹司は心底わずらわしそうに舌打ちしている。

せっかく機嫌が直ったばかりなのに、これでまた不機嫌になってしまいそうだ。

ドラフトの話ならば僕も知りたい気がするのだけれど、とても聞ける空気じゃない。

「ユキ、先に帰ってろ。そんな時間かかんねぇと思うから、ユキは家にカバン置いたらすぐうちに来いよ。あっ、パパさんには、明日、朝イチで行くって言っとけ」

「うん。…先生、さようなら」

一応あいさつをしたけれど、先生はそれどころじゃないらしく、鷹司の背中を押すようにして歩いていってしまった。


「遅いぞ」

部屋のドアを開けるなり、鷹司に抱きしめられる。

「アイテッ、なんか腹にあたってる。ユキ凶器持ってきたのか?」

「お菓子の箱だよ。下でおばちゃんがくれた」

「なんだよ、そんなもん、そのへんに置いとけ」

箱を取り上げられて、乱暴に放り投げられる。

すぐさまキスされそうになって、少し身をよじった。

「待って、鷹司、ちょっと…」

「なんだよ。したくねぇのか？」

「そうじゃないけど、その箱、クッキーなんだって。食べない？」

「食わねぇ」

むげに言われて、がっかりする。

お菓子を食べながらさりげなくドラフトの話を聞いてみようと思ったのだけれど、取り付く島もない。

鷹司の顔には、話よりやるのが先だと、はっきり書いてあった。

「…ユキが今食いてぇなら、一緒に食ってやってもいいけど」

「いいよ。僕もあとでいい」

話をするのをあきらめ、首を振ったとたん、ベッドに引きずり込まれた。

深く懐に抱き込まれて、キスをされる。

「ユキ？」

ふと唇を離して、見つめられる。鷹司はいつになく真面目な顔をしていた。

「なに？」

「したくねぇか？」

「どうして？」

僕は首をかしげる。

「したくねぇから、クッキー食うなんて言い出したのかと思って」

「違うよ。考えすぎ」

「そうか。ならいいけど、いつも痛がるから、したくなくなってもおかしくねぇからさ」

「したくなかったら、鷹司の部屋なんて来ないよ。汚いもん」

「それもそうか」

鷹司は安心したように、クマちゃんの顔で笑った。眉間のしわも浅くなってきたから、なんとなく嬉しくなる。鷹司が笑ってるのが嬉しいなんて変な気もしたけれど、鷹司のクマちゃんスマイルは本当にかわいい。

笑い返すとますますニコニコして、再びキスされた。

「ユキ、俺とするの好きか？」

唐突に唇を離し、尋ねられる。

僕は答える代わりに、鷹司の背中に手を回して、自分からあごを上げて唇を突き出す。

すぐに抱きしめ返され、深いキスになった。

「ユキも舌出して、レロレロしろ」

「ん……やだ」

長いキスの合間に変なことを言われ、僕は真っ赤になりながら首を振った。舌を出すのがいやなわけじゃなくて、いやらしいことを言われるのがいやだった。

絶対、鷹司はいやらしい。

僕だって鷹司を骨抜きにしようとエッチなことをしているのだから言えた義理じゃないのだけれど、今日の鷹司はいつもより気合いが入っているように思う。

「じゃあ、舌出すだけでいい」

僕はもうどうにでもなれと、舌を出す。すぐに舌をなめたり吸ったり絡めたり、レロレロだけじゃすまないキスをされる。

みだらなキスをされながら、長いこと服の上からさわさわと体を触られる。乳首をシャツごしに爪で引っ掻かれだすと、身を揉むように体を左右に揺らしてしまう。

「ユキ、体、熱くなってきたな。気持ちいいか？」

「……ん……っ…」

頭がぼうっとしてきてしまって、返事がおろそかになった。

「よかった。今日は硬くなってるな。ほら、自分でわかるか？」

いつの間にズボンが脱がされていたのか、僕自身に指を絡められ、握って揺らされる。

「…ぁ……や…」

　僕は鷹司の体につかまり直し、しっかり抱きつく。いつもみたいに、そのまま達かせてもらえると思っていた。なのに、指の輪で数回しごいただけで、手を離されてしまう。

「え……？」

　高ぶったままの状態で放り出され、後ろに指を入れられた。クリームでぬるぬるした指は簡単に奥まで入っていく。

「や…そっちじゃなくて…」

「ん、前触って欲しいのか？　待てよ、あとでな」

「や……きたい」

「まだ」

「…鷹司」

「こうしないと、今日の俺はだめなの。帰りがけに連れ込んで、すぐやる気でいたのに、担任に引き留められて我慢させられたから、もう今はカチカチで大変。また痛くなったらやだろ」

　一本二本と指を増やされ、三本になると苦しくて我慢なんかできなくなった。

「やー……早く…」

「前も後ろもグチャグチャにしてからな」

　三本入れられたまま、もう一方の手で前を触られる。

「う……んっ……ぁ……」

不快感の中に微妙に混ざってくる快感がいやだった。わけがわからないまま激しく手を動かされ、快感の波がやってきたとき後ろに鷹司自身をあてがわれた。

「だめだ。もっとグチャグチャにしてやる予定だったけど、我慢できねぇや」

やけに切羽詰まった声で言われる。

ひざを大きく割られ、猛々しいものをグッと挿入される。一気ではないけれど、僕はざっと汗をかいてしまう。

なじむまで待ってもらえず、さらに突き入れられた。

「きつっ……ユキ、痛いか?」

僕は答えられず、曇りがちになる目で鷹司を見るだけになる。

「あとで好きなだけ達かせてやるから」

言い訳のように告げられ、腰を動かされる。

僕は体を強ばらせながらも、必死にしがみつく。そうすると、さらに熱心になったみたいに鷹司の動きが激しくなった。

揺さぶられるのは苦しくて、激しくされると痛いのに、それでもいいやとふいに思う。

「ユキ、ユキ」

切羽詰まった、せつない声で呼ばれる。

「ユキ、好きだ」

「…ん…うん…」

必死に目を合わせてうなずくと、動きがなお激しくなった。

迸《ほとばし》りを奥深くで受け止めさせられるまで腰を打ち付けられ、最後にはがっくりと体重をかけられる。

そうして僕は、すぐに出ていかない鷹司に文句も言わず、苦しいのを我慢しながらしばらくじっとしていた。

ああ、僕は鷹司が好きなのかもしれない。

なんだか唐突に気づいてうんざりしたけれど、間違いはなさそうだった。

僕のほうはこんなに大変なのに、それでも鷹司の体を抱きしめてあげようなんて、けなげなことをしようとしているのだから。

僕は余韻に浸っているときに体をギュッとされると気持ちがいいから、鷹司にもそうしてあげたいと思っていた。


月のない夜空をときどき見上げながら、商店街の裏通りをとぼとぼと一人で帰っていく。

シャツに薄いセーターだけじゃもう寒いけれど、体が痛くて速く歩けなかった。

寝汗をかいてまた夜中に目が覚めてしまったから、ベッドを抜け出してきた。

ベッドの中の鷹司は規則正しい寝息を立てていて、満足そうな顔にも見えた。

鷹司は昔から眠りが深いほうで、少しくらい揺さぶっても起きないのは知っている。

昨日は起こせと言われたけれど、緊急事態でもない限り安眠している人を起こす趣味はないので、黙ってベッドを抜け出したのだった。

「大失敗だ」

口に出してみると、おかしくもないのに笑ってしまう。

頑張ればやり遂げられると思っていたのに、変なところでつまずいてしまった。抱き合ってもいいくらいには好きだと気づいてしまうなんて、こんなはずじゃなかった。

よくよく考えてみれば、この復讐の計画は失敗に終わったのだろうけれど。

僕の体に飽きさせるのはちょっと無理みたいだった。とてもじゃないけれど、飽きさせるほどはできそうにない。さっきにしても二度目でも驚いたのに、三度目までしたがる鷹司には思わず泣きを入れてしまったくらいだった。

メロメロにさせるのは、なおさら無理みたいだ。僕は鷹司にしがみついているだけで精一杯で、最後のほうなんて何がなんだかわからなくなるのだから。抱き合っているときの鷹司は熱心だけれど、あれは僕の体に溺れているんじゃない。元の体力が底無しなんだ。

馬鹿馬鹿しいのは承知で始めたのだったけれど、こんなことになるなんて思わなかった。

僕は敗北感に打ちのめされながら、とぼとぼと歩いていた。

「ユキッ」

後ろから大声で呼ばれて、はっと振り返る。

「鷹司」

「起こせって言ったろ！　なんで起こさねぇんだ！」

鷹司は手をグーにしてすごい勢いでやってくると、僕の目の前で仁王立ちした。

「なんで一人で帰るんだ！」

殴られそうな勢いで怒鳴りつけられる。

「夜中だから、大声出すと近所の人がびっくりして起きてくるよ」

「いいから、答えろ！」

「鷹司が納得するような理由はないんだ。夜中に起きるの、くせになったみたい」

よどみなく答えても、やはり鷹司は納得しなかった。

「おまえ、俺とやるのやなんだろ」

にらむように見つめられる。

「なんでそんなこと言うの？」

「痛くなるのわかってんのに、やりたいわけねぇだろ。ずっとやりたくなかったんだろ」

「そんなことない」

イライラするように鷹司が声を荒らげる。

「まだ、しら切んのか。ユキがやりたくねぇことくらい、薄々わかってたんだ。けど、慣れればユキもよくなると思ったからやってたのに、全然慣れねぇ。回数増やしたら、かえってつらそうじゃねぇか。なのに、口じゃ誘ってくるんだ。なんでなんだ？」

僕は首をかしげて、しばらくしてうなずいた。

「ムラムラするから」

「ムラムラだぁ？　ウソつくんじゃねぇ！」

大声で怒鳴られるのがこわいわけじゃないけれど、僕は先に視線を外してしまう。

「俺のことマヌケだと思ってんのか？　いつまでも、ユキのウソに気づかねぇとでも思ってんのか？　俺たちいつからの付き合いだ？　答えてみろ」

「僕が赤ちゃんで、鷹司が二歳。長いよね」

最後の問いにだけきちんと答えると、鷹司は満足したわけでもないだろうに黙り込んだ。

「もう、やらねぇ」

低くつぶやかれる。

最初、何を言われたのかピンとこなかった。しばらくたってから、もう寝ないと言われたのだと気づく。

「ウソ…」

予想外のことに僕はポカンとする。

回数が少ないからだめだと思っていたけれど、実はあまりの下手さにあきれ果てて、既に飽きられていたんだろうか。

「…それって、するのに飽きたってこと？」

もしかしたらと思って尋ねてみると、ジロッとにらまれてしまう。

「俺が飽きるわけねぇだろ。ユキがつらいだけなら、やらなくてもいいって言ってるんだ」

「あ…なんだ、そういうことか」

「もういい。もうやめだ。なんでユキがしたがったのか、わかんねぇけど、わかるまで待ってたら大変なことになる。…ユキ、全然好きにならねぇんだもん。いつまでも痛いことしてたら、俺のこといやんなって、こうやっていつの間にかいなくなっちまう」

「そんなことはないけれど……本当に、もうしなくていいの？」

そっと尋ねる。

最初は無理やりでもしたがったのに、なんだか別人みたいだ。

「ほら、みろ。やっぱり、やりたくなかったんじゃねぇか。顔が喜んでる」

「これは喜んでる顔じゃないよ。びっくりしてる顔だ」

少しはほっとしているかもしれないけれど。

「あ…じゃあ、もう恋人はやめるってこと？」

小首をかしげて鷹司をちらっと見上げると、にらみ下ろされた。

「これから先だって、ユキは俺のもんなの。やんねぇ代わりに、黙っていなくならせねぇってだけだ。もう、勝手にどっか行かせねぇからな。恋人なんか絶対作らせねぇし、もちろん結婚もさせねぇ。ユキがどこにも行かないで、一生、俺のそばにいるっていうなら、抱くの我慢する」

また勝手なことを言っているとあきれながらも、もう一方で思いがけない真っすぐな気持ちに胸を打たれていた。

僕は知らず知らずに詰めていた息を吐き出し、鷹司を見上げた。

「つまり、プラトニックってこと？」

「つまり、プラトニックラブってことだ」

似合わないことを真剣に言うのがおかしかった。

「大事なのはプラトニックじゃなくて、ラブのほうだぞ。ラブを外すなよ」

「ラブなんて言っちゃって、変なの」

おかしいのに、笑えないのはどうしてだろう。

散々好き放題やっておきながら、いまさらプラトニックに転向するなんて、勝手なことを言われているのに反論もできない。

何かを我慢しても僕を手放さないように努力しようとするなんて、もしかしたら、鷹司はそうとう僕を好きなのかもしれない。ラブなんて言っちゃってるくらいだから、そうなのかもしれない。

「なんだよ、情けない顔して」

大きな手で頬を挟まれる。

「あーあ、ほっぺた冷たくなってるじゃねぇか。寒いんだろ。帰るぞ。ユキが眠れねぇなら、俺も一緒に起きててやる。それで、花を仕入れに行く時間になったら、パパさん起こして三人で朝飯食おうな」

ぐいぐいと手を引っ張られる。僕はよろよろしながらも一緒に家に帰っていった。


我慢すると言ったとおり、あれ以来週末の恒例行事はなくなった。鷹司としては、それどころじゃないというのが本当のところだろう。

野球部に復帰した鷹司は、子供みたいに瞳をキラキラさせながら毎日ボールを投げている。

三カ月ぶりに投げてみて、改めて野球が好きだったことに気づいたのだと言っていた。すぐには思うように投げられないけれど、ゆっくり鍛えていくつもりだとも言っていた。

実際には来年からプロ野球選手になるのだから、そうそうのんびりもしていられないのだろうけれど、腰を据えて挑もうと思えるようになったなんて、やっぱりケガをしたせいで精神面が成長したのだ。ケガをするのは二度とごめんだけれど、悪いことばかりでもなかったのがありがたかった。

「ユーキー」

グラウンドから大声で呼ばれ、僕は顔を向ける。鷹司に向かって軽く手を上げると、グローブを付けた手を大きく振り返される。以前のように、取っ捕まえられそうな勢いで駆け寄られることも、怒鳴りつけられることもない。

本当に落ち着いた感じだ。いいことのはずなのに、少し物足りなさを感じてしまうのはどうしてだろう。

昼休みはここのところ毎日先生に呼び出されていて、ゆっくりと昼食を食べる時間はない。放課後は毎日遅くまで練習に励んでいる。ナイター照明のないうちの野球部では日没とともに練習が終わるはずなのだけれど、そのあとも走り込みをしているとかで帰りは遅い。

めっきり一緒にいる時間が減ったのが、変な感じだった。

今日は夕食を食べに来るんだろうか。

尋ねてみたい気がしたけれど、ずっと向こうにいる鷹司のところまで僕の声は届きそうもなかったから、あきらめて一人で家に帰った。

「パパ、ただいま」

お店のほうから入ると、パパはお店の奥の物陰にいた。バケツや机が邪魔で姿がよく見えないのだけれど、どうも尻もちをついているみたいだ。

「パパ、そんなところでなにしてるの？」

「ユキちゃーん」

か細い声で呼ばれ、僕は首をかしげながら近寄っていく。

「パパ、どうしたの？　またぎっくり腰？」

そう声をかけたものの、ぐったりしているパパの手元を見て、ギョッとしてしまう。手からは血がだらだらと流れていた。

「パパ、手から血が出てるよ」

「つまずいて転んだ場所にたまたま剣山《けんざん》があって…」

「なんで剣山なんか床に転がってたの？」

あたりを見回してみれば、確かに剣山が床にあった。

キッチン用のスポンジくらいの大きさの金属の台に、針を上向きに植え付けたもので、花を刺して固定させるための道具なのだけれど、これの上に思いきり手をついてしまったとしたら痛い。痛いというより危険だ。

華道用のディスプレイは普段はしていないから、お店ではほとんど剣山は使わないはずなのに、何故今日に限って床に転がっていたのだろう。

「クリスマスとお正月のディスプレイをいろいろ考えてたんだけど…うーん、ユキちゃん、痛いし、気持ち悪いよぉ」

「キズ見せて。…あ、結構ザックリいってるや」

「言わないで〜」

パパは真っ青な顔をしながら、弱々しい悲鳴を上げた。

よく見ると、けっこう床のあちこちに血がついている。ケガをした手を押さえながら、うろうろしたあげく力尽きて、奥でしゃがみこんでしまったという感じだった。

「タオルか何かで止血して、鷹司んちの外科医のおじちゃんに診《み》てもらおう。パパ、クリニックまで歩ける?」

「歩けない」

子供みたいに、いやいやと首を振られる。パパは体が弱いのに病院が好きじゃないほうなので、連れていくまでがいつも大変だった。

「じゃあ、近いけどタクシーで行こうよ。鶴田《つるた》さんちのタクシーがいいよね」

近所の個人タクシーを呼ぼうとして、再び首を振られる。

「…お金、もったいないから歩く」

「そう? クリニックまで五分もかからないから、なんとか頑張ってみる? とりあえず歩いてみて、もしだめそうなら途中で流しのタクシーをつかまえよう」

僕はとりあえずパパの手の傷をタオルで止血してあげてから、保険証を用意したり、お店の戸締まりをした。

パパを支えながら歩き出したものの、鷹司の家までの五分の道のりがこんなに長いと感じたのは初めてだった。

貧血が起きるほどの出血でもないのに、パパはすぐに立ち止まってしまう。

「ユキちゃん、パパ、もうだめぇ〜」

「もう少しだから頑張って、ほらもうクリニックの看板見えてるじゃない。あと、もう少し」

「だめ〜、死んじゃいそう」

真っ青な顔でしゃがみ込んでしまう。

「パパしっかり、このくらいの傷じゃ死なないんだよ」

「そうかな…でも、もうだめだよ〜」

「じゃあ、クリニックまで行って誰か呼んで来るから、パパはここで待ってて」

「ユキちゃん、行かないでっ」

弱気になっているパパは、一人になりたくないのか、必死に僕の服をつかんでいる。そんな力があるくらいなら歩いてくれればいいのに。

こんなときに鷹司がいれば、細身のパパくらいひょいと担《かつ》いで、あっという間に運んでくれるのだけれど。

ぎっくり腰のときも鷹司がおんぶしてパパを運んでくれたんだった。僕もパパも鷹司に助けられている部分が多かったんだと、いまさらながらに痛感する。

「鷹司くん、今日はどうしてるのかな」

パパも同じことを考えていたのか、情けない声を出す。

「鷹司は部活だよ。さっきグラウンドにいたから、とうぶん帰ってこない」

「そう」

がっくりと肩を落としている。

「パパ、こんなときに言うのはなんだけど、これからは鷹司をあてにできないんだ」

「またケンカ？　いつもみたいに、ユキちゃんが折れてあげたらいいよ」

「そうじゃなくて…」

「何十回ケンカしても元どおりになるんだから、鷹司くんとユキちゃんはそうとう仲がいいよね。パパなんか、一回もママとケンカしてないのに、ある日突然ママに愛想を尽かされちゃったんだから」

僕と鷹司のことはともかくとして、ママはいきなりパパに愛想を尽かしたわけじゃない。長年にわたったママの疲労と不満に気づかなかった、あまりにものんびりしているパパの性格が別居の理由なんだと思う。けれど、ママは一回くらいパパとケンカをしてあげてもよかったんじゃないかと僕は思っている。

「ママがいなくなったときは、さみしかったなぁ。好きな人がいなくなるのは、さみしいよねぇ」

真っ青な顔をしながらも、のほほんとパパは言った。

「鷹司もいなくなるんだ」

「ええっ、鷹司くんもいなくなるの？　どうして？」

「鷹司はプロ野球選手になって、福岡に行くんだって」

「福岡って、あの九州の福岡のこと？」

「そうだよ」

「……遠い」

パパはポツリと言って、途方に暮れた顔をした。

「うん、すごく遠いんだ。だけど、大きなケガをしても鷹司を見捨てないで声をかけてくれた球団なんだもの、とってもありがたいよ」

「そうか、おめでたいことだから喜ばないといけないんだ」

パパはしゅんとしおれて、なんだか小さくなってしまう。

「でも、鷹司くんがいなくなると、パパはさみしいな。パパ以上にユキちゃんはさみしいんだから、我慢しないといけないけれど」

「僕はさみしくなんかないよ」

首を振ってみたけれど、声が小さくなってしまった。

親子そろってしょんぼりしながら、荏原外科内科クリニックの門をくぐったのだった。

「あれ、ユキ、うちでなにしてんだ？　どっか具合悪いのか？」

一人でクリニックから帰ろうとして、自動ドアから外に出てきたところで鷹司と出くわす。

外は暗くなっていたけれど、部活から帰ってくるにしてはまだ少し時間が早い気もした。

「僕じゃなくて、パパがケガして入院したんだ」

「入院だぁ？」

「うん。でも、入院っていっても、おまけ入院っていうか…。仕事中にお店で転んだらしいんだけど、たまたま手をついた場所に剣山が置いてあって、手のひらを切ったみたい」

「ゲー、痛そう」

「昔なら五針縫うところだったけど、今は縫わないでボンドでくっつけるだけでいいんだって。だけど、パパ、破傷風の注射をされたとたん引っ繰り返っちゃったんだ。ちょうどベッドが空いているから、一日入院していけばいいよって、おじちゃんに笑われた」

「なーんだ。パパさんこわがりで、しょうがねぇなぁ」

あきれた声を出しながらも、優しい表情をしている。

「ホント……あれ？　鷹司、先生と一緒に帰ってきたの？」

僕は遅ればせながら、鷹司の背後に担任の先生がいるのに気づく。

「こんな時期に家庭訪問？　あっ、そうか…」

ドラフトの件でいろいろあるのか。

僕が一人でうなずいていると、中年太りの先生が鷹司の後ろからのっそり出てくる。

「ああ、荏原の家は、ご両親ともにお医者様でお忙しいようなので、先生のほうが訪問することにしたんだ」

「来なくていいって言ってんのに。いちいち親に話するなんて、うぜぇんだ」

鷹司は思い出したように、仏頂面になった。

「まあ、そう言うな。とりあえず、校長先生からもご両親にも話をうかがうように言われてるんだから。…じゃあ、先生、先にお邪魔するぞ。病院の入り口から入って本当に大丈夫か？」

「知るか」

かなりご立腹の様子で、鷹司はそっぽを向いてしまう。

先生はやれやれと肩をすくめながら、先に病院の中に入っていった。

「鷹司もいろいろ大変だね。…じゃあ、僕は帰るから」

「あっ、ユキ」

歩き出そうとしたところで、呼び止められる。

「パパさんいねぇなら、一人でさみしいだろ。俺、泊まりに行ってやろうか？」

「子供じゃないんだから平気だよ。鷹司も忙しいだろうし、来てくれなくていいよ」

「全然忙しくねぇよ。部活の途中で無理やり帰らせられたけど、俺はやることねぇんだ」

「でも、来なくていい」

きっぱり言うと、むっとされてしまう。

「別に下心なんてねぇぞ。せっかく誰もいなくてチャンスだけど、約束したからな」

「わかってるよ」

鷹司は暴れん坊だけれど、ウソはつかないし、口にしたことはきちんと守る。そんなことはわざわざ言われなくてもわかっているけれど、鷹司に来て欲しくなかった。

鷹司がいないとちょっとはさみしいなんて、じきにいなくなる鷹司に知らせるつもりはない。

「僕のほうが忙しいんだよ。お店の床をパパが汚しちゃったから、そうじしないといけないし、他にも雑用がいろいろあるんだ」

「だから、俺が手伝ってやるって」

「鷹司にそうじの手伝いなんて期待できないもん」

「俺だっていればなんかの役に立つかもしれねぇだろ。重いもんは運んでやれるし」

「重いものはないの。だいたい、掃除機かけるだけでイラついて、ぶつぶつ言うような人は必要ありません」

「なんだとっ、俺がいつ掃除機かけながらぶつぶつ言ったんだよ。舌打ちするのは、ぶつぶつ言ううちに入んねぇぞ」

くだらない言い合いをしていると、クリニックの自動ドアが開いた。

「鷹司！　あんた、そんなところでなにやってんの！　早く入りなさい！　先生からうかがったけれど、あんたタイヘーさんから声をかけてもらってるんですって？　お父さんも、今初めて聞いて、びっくりしちゃってるじゃないの！」

白衣を着た鷹司のおばちゃんが、興奮して大きな声を出している。インテリジェンスに溢れた内科医も、一人息子の話になると面相が変わってしまうのは、昔から変わらない。

「おばちゃん、こんばんは」

「あらぁ、ユキちゃん。こんばんは。うふふ、パパが入院ですってね。うちのお父さんに聞いたわ。注射したら倒れちゃったんですって？　パパは弱虫さんね」

ニコニコニコーッと、笑いかけられ、僕もつられて笑う。

鷹司のクマちゃんスマイルは、おばちゃんのニコニコ顔譲りなのかと、いまさらながら納得する。そういえば、おじちゃんもニコニコ笑う人だったっけ。

「あー、おばはん、俺、ユキが心配だから、今日はユキんち泊まるわ。このまま行くから」

「なに言ってんの！　とにかくあんたがいないと話にならないんだから、早く入りなさい！　ユキちゃんは、いつもみたいにうちに泊まってもらえばいいでしょう、ね？」

鷹司を怒鳴りつけたかと思うと、僕に笑いかけたり、とても忙しい。

「おばちゃん、僕、お店のそうじしないといけないんだ。パパがケガを手当する前にうろうろしたみたいで、血があっちこっちについてるんだよ。外からお客さんが覗いて、びっくりするといけないからね」

「あら、まあ、それは大変。誰か手伝いに行かせましょうか？」

「ううん、いい。そんなに広い範囲でもないし、単にスピードの問題なんだ」

「そう？　ユキちゃんはしっかりしてるわねぇ。それに比べて、うちの鷹司ときたら…」

「うっせー、ゴチャゴチャ言うな」

「まあ！　親になんて口を利くの！　タイヘーさんの件だって、詳しい話を聞きもせずにお断りするって言ってるんですって？　だいたいそういう大切なことをお母さんたちに相談しないで決めるなんて、親をなんだと思ってるのよ！」

「えっ、鷹司、タイヘー行かないの？」

僕は思わず口を挟んでしまう。

「ああ。俺、もう、とっくに断ってんだ。なのに、もっとよく考えろとか、まわりがゴチャゴチャ言ってきやがんの」

鷹司は、イライラを隠せないふうに頭をガリガリかいた。

「あんたこそ、もそもそなに言ってんの！　あんたは図体は大きいけれど、未成年なのよ！　まだ扶養家族なんだから、親の言うこともたまには聞きなさい！」

「うるせぇっ、ババァ、ぶん殴るぞ」

すさんだ目付きで、鷹司は一歩前に出る。イライラが限界に達してしまったのか、今にも殴り出しそうな雰囲気だった。

昔はこれで何度、おばちゃんをケガさせたことか。暴力三昧《ざんまい》のその昔は、鷹司もまだ小学生だったから大事に至らないケガですんだものの、今の腕力で怒りのままに殴ったりしたら、どんな大ケガをさせてしまうかわかったものじゃない。

「鷹司、手をグーにしたらだめだ。ほら、パーにして、パーに」

僕はあわてて鷹司のとなりに立つと、手を開いて握ってあげる。一時的に手をつないであげるのは、僕が殴られない防衛策でもあるし、人を殴らせない裏技でもあった。

「おばちゃんも少し落ち着いて。今日初めて聞いてびっくりしているのはわかるけれど、頭ごなしに鷹司を叱らないでやって？　きっと鷹司にだって言い分があるんだよ。プロには前からなりたいって言ってたんだもの、それでもタイヘーに行かないって言うんなら、なにか行きたくないわけがあるんだよ。お願い、叱らないで鷹司の話を聞いてあげて。大事なのは話し合いでしょう？　先生だって、話し合いをしに来てくれたんでしょう？」

一生懸命訴えかけると、おばちゃんは大きく息を吐き出した。

「ふぅー、そうよね。危ない、危ない。親子ゲンカになって、また殴られるところだったわ」

「鷹司、ほら、みんな待ってるよ。鷹司が腕に大ケガをしたとき、励ましてくれた人ばかりなんだから、話くらいしなくちゃ罰があたるよ」

握った手を離しながら、そっと右腕をさすってあげる。

「一人で行けるよね？」

鷹司はむすっとしながらも、しぶしぶうなずいた。

「じゃあね、鷹司。おばちゃんもバイバイ」

僕は努めてニコニコと母子を見送る。

そうして、自動ドアが閉まるのを見てから、深く深くため息をついたのだった。


その夜、十時を過ぎたころ、鷹司がうちにやってきた。

お土産に小さなバスケットを持ってきてくれて、中には外国製のクッキーとチョコレートが入っていた。

「おやつ持ってきたぞ。食えよ」

大人三人を相手に話をしたのが疲れたのか、鷹司はさすがにぐったりしている。玄関で靴を脱ぎながら、二度もため息をついている。

僕は右側の居間に行くのをやめ、すぐに左側の僕の部屋のドアを開けた。

「泊まるなら、もう布団敷くよ。お客様用なんてうちにはないから、パパの布団でいいよね」

「自分で敷く」

鷹司はぶっきらぼうに言うと、廊下の奥のパパの部屋に入っていく。

「明日、タイヘーの人事部長があいさつに来るんだってさ。ひどいと思わねぇ？　俺、何度も断ってんのに、学校側がとりあえず話だけでも聞けって、勝手にセッティングしたんだぜ」

僕の部屋にバタバタと布団を敷きながら、心底腹立たしそうに吐き出す。

鷹司の話だけ聞くと気の毒な気もするけれど、僕には大人の思惑がわからないでもなかった。せっかく声をかけてくれている球団を学校側とすればむげにはできないのだろうし、鷹司のことだけを考えてもタイヘーに行ったほうがいいと考えているんだろう。

プロになれる人なんてごく限られた人なのだから、断るなんていかにももったいない。鷹司を説得して、この話をうまく成立させたいのだ。

「…明日なんてずいぶん急な話だけれど、福岡から来てくれるんなら、話くらい聞かないと悪いね」

僕は自分の布団の上にちょこんと正座しながら、ぴったりと並べて布団を敷いている鷹司をぼんやりと見つめる。

「別に俺だけに会いに来るわけじゃねぇよ。逆指名が決まっている社会人野球の瀬口《せぐち》外野手にあいさつしがてら、うちの学校にも寄るって話だ」

鷹司はつまらなそうな顔をしているけれど、ついでなのが気に入らないとか、そういう問題ではないみたいだ。

「タイヘーの話は、そんなに条件が悪いの？」

「いや、条件はいいな。俺はケガ上がりだから、来年は二軍で調整しててていいんだって。つまり、即戦力じゃなくて、将来性を買われて指名されるわけだ。金も悪くねぇ。契約金が八千万で、年棒が一千万、出来高払いは上限三千万」

前に聞いた目標額の一億円には届かないけれど、夢のような大金になんだかクラクラしてしまう。

「本当のところ、悪い話じゃねぇ。俺のケガの状態も内々に詳しく調べてて、それでもぜひ来てくれって言ってきたのはタイヘーだけだ。ぜひなんて言われりゃ結構気分がいいし、この話は、すごいって俺だってわかってるさ」

鷹司は布団の上にあぐらをかいて、シーツに空いた穴を指でいじっている。

「じゃあ、なにが問題なの？」

「それをユキが聞くのかよ」

顔を上げて、見つめられる。

「ユキは俺が福岡に行ってもいいのか？」

「僕のせいで行かないなんて言ってるの？」

まさかと思って、僕はじっと見つめ返す。

「ユキのせいとか、そんなんじゃねぇよ。そうじゃなくて…ユキ、俺が行ってもいいのかよ」

食い入るように見つめられ、僕はそっと視線を外した。

「鷹司が好きなようにすればいいと思うけれど、今の話を聞く限りじゃ、鷹司はタイへーに行くべきじゃないのかな」

「俺が聞いてんのは、どうすべきかってことじゃなくて、ユキがどうして欲しいかってことだ」

「僕の気持ちは問題じゃないけれど……鷹司はプロになるのが夢だったじゃないか。鷹司がプロになりたいなら、なって欲しいよ。一度は失いかけた道なのに、拾ってくれるなんてありがたくて感謝してるくらいだ」

「そうじゃねぇって、そういうことじゃなくて。ユキは俺が福岡に行っても、少しもさみしくねぇのか？」

「さみしくはないよ」

「ウソだろっ、本当のこと言えっ」

身を乗り出して、僕の布団の上まで乗っかってこようとする。僕はかけ布団をパタパタして鷹司を追い払ってしまう。

「行きなよ。チャンスじゃないか」

鷹司は口をへの字にして、じっと見つめてくる。

「ユキは俺を追い払いたいのかよ。俺を遠くへやって、せいせいしたいのかよ」

「鷹司…」

物言いにあきれたものの、考えてみると言われたことは間違いでもなかった。そういう気持ちが僕の中にあったことを、僕は忘れかけていた。

「…うん。うん、そうだね。本当のことを言えば、鷹司なんて、行っちゃえばいいと思ってる」

「ウソだ！　そういうふうに言えば、俺が怒って行くと思って、わざと突き放してるんだ！」

「そうじゃない」

鷹司の門出にケチをつけることなく、送り出してあげたいという気持ちは本当にある。

一方で、どこかへ行って欲しいとも本気で思う。

これはチャンスだった。僕は鷹司と離れるチャンスを待っていたはずだった。

「鷹司には、できればさっさとどっかへ行って欲しいって思ってる。本気で思ってる」

「…ユキ、なんか怒ってんのか？」

いまさら気づいたように、問いかけてくる。

「怒ってるよ。僕はしつこいから、ずっと怒ってる。部室で無理やりにされたこと、僕が忘れたとでも思ってるの？」

「え？」

鷹司は一瞬、ポカンとした。蒸し返されるなんて思ってもみなかったのだろう。虚を衝《つ》かれたような顔付きだった。

「…けど、あのあと、恋人になろうって、ユキから言ってきたじゃねぇか」

「ふってやろうと思って、そう言ったんだよ」

「は？」

鷹司はわけがわからないというふうに、首をかしげる。

「いっぱい寝れば飽きるかと思ったんだ。もし、飽きなかったとしても、鷹司を僕の体のとりこにして、骨抜きにしてから、ふってやろうと思って作戦を立ててた。今だって思ってるけど、その前に鷹司にやめるって言われちゃったからね、次の作戦はどうしようかって今考えているところだったんだ」

「作戦って……そっか。そういうわけか。なんかおかしいと思ってたんだよな。だからあのときユキから恋人になろうなんて言い出して、あのあともしょっちゅうユキから誘ってきたわけだな」

腕組みなんかしてうなずいていたかと思うと、いきなり笑い出した。

「ハーッハハハハッ…バッカだなぁ、俺がユキに飽きるかよぉ。だいたい、そんなことしなくても、俺なんかとっくにユキにメロメロだろ」

ふざけた口調が腹立たしかった。

馬鹿馬鹿しいことだって、僕だって最初からわかってた。それでも、そうしなければならなかった僕の気持ちなんて、鷹司には永遠にわからないかもしれない。

その手を信用しきってたのに、裏切られた僕の気持ちなんか、どうせ鷹司にはわかりっこない。

「だったら、今さよならしたら、ダメージ大きいわけだね。いいこと聞いたよ。じゃあ、さよなら。福岡でもどこでも、行けばいいよ」

「行かねぇよ」

ふてぶてしい態度に、僕はカッとなった。

「鷹司がうっとうしいんだよ。本当にうっとうしいんだ」

にらみつけると、鷹司の顔から笑みが消えた。

「絶対に行かねぇ。ユキが俺のことうっとうしいって思ってんなら、よけいに行かねぇ。ユキの心が離れたままなら、行けるわけねぇだろうが」

「行けったら、行け！　鷹司なんか、どっか行け！」

「うるせぇ、黙れ！　行かねぇって言ってるだろ！」

大きな声で怒鳴られ、僕は口をつぐんだ。

僕も怒鳴ったのだからお互い様なのだけれど、元々の声の大きさが違うのだから、張り合えるわけがなかった。

「もう寝る」

僕は怒りに震えながら、布団をかぶる。電気がつけっ放しで電気代がもったいないのだけれど、再び起き上がって鷹司と顔を合わせる気にはなれなかった。

そうして怒りに任せてぎゅっと目をつぶっていると、いつの間にか僕は眠ってしまった。

「…起きろ、ユキ、起きろって」

揺り起こされて、はっと目を覚ます。

目を開けると起きぬけのせいか目がしょぼしょぼした。電気がついているのは、まだそれほど時間がたっていないせいだろうか。

わざわざ起こされて、またさっきの話をするのかと思うと気が重かった。

「眠いよ」

のぞき込んでいる鷹司に文句を言おうとすると、なんだかひどく掠れた声が出てきた。

「のど、ガラガラする」

「あんなに泣けば、のども痛くなるだろ」

「泣くって…？」

僕はぼんやりと尋ね返す。

「泣いてたの覚えてねぇのか？　ユキ、寝ながら泣いてたぞ。すげえ悲しそうな声出して泣いてて、かわいそうだったから起こしたんだ」

はっと顔に手をやると、確かに頬が少し濡れていた。枕を触ってみると、こっちはぐっしょり湿っている。

そうとうな勢いで泣かなければこんなに湿らないはずだから、自分でも驚いてしまう。思わず起き上がって、何度も枕を確かめた。

「こわい夢見たのか？」

心配そうに尋ねられ、僕は首をかしげる。

「あ…夢見てた」

夢を見ていたことを思い出し、同時にどんな夢だったかも思い出してしまう。

鷹司が死んでしまった夢だった。どこか遠くで死んでしまったのだけれど、遠いからお金がなくて行けないねと、パパに言われて僕はショックを受けたのだ。

死に目にさえ会えなくて、もう二度と会えなくなったのだと思うと、僕はそれは悲しくなって、夢の中で号泣していた。

「寝る前に俺が怒鳴ったから、こわい夢見ちゃったのか？」

「違う。…違うと思う。よく思い出せないけれど」

こわいんじゃなくて、悲しい夢だったのだ。

馬鹿馬鹿しくて、夢の内容は口にはできない。

「…起こしてくれて、ありがとう。寝直すから」

枕を裏返して、かけ布団をかぶったけれど、すぐに寝直せるわけもなく、どうしてあんな夢を見たのかを考えていた。

鷹司がいなくなることに不安を感じているのだとしたら、おかしな話だった。どこかへ行って欲しいと本気で思っている。どこか遠くで元気でいてもらいたいと、心から思っているのだから。

鷹司は僕の様子が気になって眠れないのか、となりの布団からは寝息が聞こえてこなかった。

「ユキ、こっちの布団に来い。眠れないんだろ」

だいぶたってから、声をかけられる。

「大丈夫だよ。眠くなってきたから、もう眠るよ」

「いいから来い。なんもしねぇから」

かけ布団をめくられ、ぐいと、片手一本で引き寄せられる。あっという間に鷹司の布団に移動させられていた。そして、抵抗するまでもなくすっぽりと懐に抱かれ、足を乗っけられる。

「足が重い」

「いいから、黙って目ぇつぶってろ」

しばらく身じろぎしていたのだけれど、どうやっても離してもらえそうもなかった。あきらめて目をつぶると、大きな手で背中をゆっくりとさすられた。

なんだか子供みたいでいやなのだけれど、鷹司の規則正しい心臓の音を聞いているうちにだんだんと眠くなってくる。

背中をさすられたり、ゆっくりしたテンポでたたかれたりしているうちに、僕はいつの間にか眠ってしまった。

今度は夢も見ないほど朝までぐっすり眠れたのだけれど、起きたときの気まずさと言ったら、それはもう史上最悪だった。

なんたって、僕は鷹司に自分から抱きついて眠っていたのだから。

次の日の昼休み、教室でぼんやりと鷹司を待っていると、平石に声をかけられた。

「おい、浅海、こっち来て見てみろよ。黒塗りのすごい車が停まってるんだ。あれ、タイヘーの車じゃないか？」

窓に腰かけている平石に手招きされる。わざわざいじめられに近寄りたくないのだけれど、車はちょっと見てみたい気もしたから窓際に行く。

「うちの学校にああいう高級車があると、違和感あるなぁ。今日タイヘーがあいさつに来るってサンジ先輩が言ってたから、あの車、絶対そうだぜ」

平石に言われ、僕は軽くうなずく。

「いよいよ、仮契約かな？　すごいよな、プロだぞ、プロ」

「鷹司は、今日はあいさつだけだって言ってたけど」

「バッカだな。残念だけど荏原先輩は他の球団から声がかかってないんだから、言わばタイヘーの独占状態だ。タイヘーが動いてるのがわかって、他の球団が横取りしようとしない限り、もう決まったようなもんだ。そういう秘密のお宝選手とは、早めに内容を詰めたいと思うもんだろ」

「そういうものかな」

僕はぼんやりと首をかしげる。

「こうなったからには、さっさと別れろよ」

「え？」

「なにとぼけてんだ。バレバレなんだよ。まだ懲りずに誘惑してんだろ」

僕はキュッと口を引き結んだ。

鷹司とプラトニックな関係になったのを平石は知らないのだろうけれど、打ち明ける気もなかった。

「荏原先輩は、プロになるんだから身辺を綺麗にしないといけないだろ。実力の世界って言ったってファン商売なんだし、新人選手のころは集客率にかかわるっていうんで、昔は付き合ってた彼女と別れさせたって話もあったくらいだ。今はわりと女関係はうるさくないらしいけど、いくらなんでも付き合ってる相手が男じゃまずいだろ」

「そうかな」

あながち間違いじゃないのだろうけれど、僕は素直にうなずけなかった。

「別れないって言い張るなら、荏原先輩と浅海の関係、球団側にばらすぞ」

「…そんなことしても平石には何のメリットもないんだよ。デメリットがあるだけだ。平石は鷹司に嫌われてもいいの？」

「やなやつ」

「えっ？」

それは僕の台詞なんじゃないかと、びっくりしてしまう。

「俺は相手にもされてないんだから、いまさら嫌われたところで変わり映えなんてしない。それより、わかってるだろうけど、俺は浅海のことが前から気に入らなかったんだ。浅海のせいでこの契約がポシャッたら、一生浅海は荏原先輩に恨まれることになって、ざまあみろってもんだ」

僕は首をかしげた。

たぶん僕は、そのくらいのことじゃ鷹司に恨まれない。もしも本当に素行不良を理由に球団側から断られることになったとしたら、鷹司は喜ぶ気もする。面倒がなくなってよかったと顔をくしゃくしゃにして笑いそうだ。

「でも、球団には言わないほうがいいと思うよ。平石が漏らしたなんてことは、鷹司にすぐにわかるだろうし。僕にいやがらせするつもりだったことがわかったら大変だよ。鷹司は僕がいじめられると、すぐ復讐しに行くんだ」

「のろけなんか、たくさんだ」

吐き捨てるように言われ、僕は首を振った。

「のろけなんかじゃなくて、事実を言ってるだけ。鷹司は僕がらみのケンカだと、ほとんど手加減しないから、被害が大きくて困るんだよ。子供のケンカじゃすまなくなって、ケガを負わせた相手に、鷹司のご両親がお見舞金払ったケースも一度じゃなかった」

「俺のこと脅してるのかよ」

「割に合わないんじゃないかってこと」

僕はちょっと肩をすくめて見せる。

こんな予防線を張らなくたって、鷹司を尊敬している平石が、わざわざ鷹司に嫌われるようなことをするはずはないのだけれど、万が一にでもリークされては困る。

いたずらに不利な情報を流されるのはごめんだった。タイへーに行くかどうかは今のところわからないけれど、球界に情報が流れてしまっては、これから先、他の球団からオファーがこなくなる可能性だってある。

「だったら、さっさと別れればいいだろ」

僕が黙り込んでしまうと、平石は満足したように、ふんと鼻を鳴らした。

「おーいっ、ユキちゃん、いるかー?」

奇妙な沈黙を破るように、サンジさんが教室に入ってきた。

「ああ、ユキちゃん、いたいた。おっ、徹も一緒か。意外な組み合わせだけど、かわいいユキちゃんと、美人の徹が並ぶとすごいな。キラッキラして目が痛いぞ」

なんの気なしに笑顔で言われ、僕は返す言葉もなく笑い返した。

「俺、こんなぬるい顔じゃないです」

平石は不満そうな顔付きになる。

「だから、徹は美人だって言っただろ。ああ、そんなことより、ユキちゃん、荏原こっちに来なかったか？」

「今日はまだです。いつもだと、そろそろ来る時間ですけれど、来るかどうかはちょっと…」

終わりのほうは、少し声が小さくなってしまう。

昨夜、ケンカとも言えないケンカをして、朝はいつもどおりだったのだけれど、お昼もいつもどおりなのかわからなかった。

「ああっ、来てないのかぁ。タイヘーの人事部長があいさつに来てるんだけど、荏原のやつ約束の時間になっても来ないんだ。今、担任や顧問と手分けして捜してるとこなんだけど、どこに姿くらましやがったのか」

「えぇっ、すっぽかすなんて、やっぱり荏原先輩、タイヘーに行かないつもりなんですか？」

平石は驚いたように、サンジさんを見つめている。

「やっぱりってなんだ？　荏原からなんか聞いてるのか？」

「いえ、前に荏原先輩にタイヘーの話を聞こうとしたとき、全然興味なさそうだったから。あのときは俺が無視されてんのかと思ったけど…なんだ、やっぱりそうか」

平石はなんだか嬉しそうだ。

「徹も捜すの手伝え。ユキちゃんは、もし荏原が来たら、すぐに来賓室に来いって伝えてくれな」

「わかりました」

僕がうなずくと、サンジさんは平石を連れてあわてて教室を出ていった。

それからしばらく待ってみたのだけれど、鷹司はやってこなかった。昼休みが半分終わったところで立ち上がり、僕は教室をあとにした。


屋上のドアを開けると冷たい風が吹き込んできて、僕はブルッと体を震わせてしまう。視界の範囲に鷹司の姿はなかったけれど、とりあえず声をかけてみる。

「鷹司ー、いないのー？　鷹司ー？」

「……ユキ」

給水タンクの陰から低い声が聞こえて、僕は小走りに駆けていく。

「こんな寒いところでなにやってるの？」

「んー、別に。ひなたぼっこ…っていうか、かくれんぼ？」

みんなを待たせているのを自覚しているのなら、僕に言うことはなかった。

「ユキ、となり座れよ」

「うん」

鷹司の体で風を避けるようにして、となりにうずくまる。

「昼飯食ったか？」

「まだ。鷹司が来ると思ってたから」

「やべぇ、パン買いそびれた。食堂行くしかないかな」

鷹司はちらっと時計を確認したけれど、立ち上がろうとはしなかった。

「腹へったか？」

「そうでもない。鷹司が食べたくないなら、僕は適当にするから気にしなくていいよ」

「飯は抜くなよ。たまに昼飯抜いたりするから、ユキはいつまでも小せぇんだ」

いつもの口癖が出て、僕は小さく笑ってしまう。

「…ユキは、本当の本当の本当に、俺に福岡に行って欲しいのか？」

本当を三回も続けるなんて、すごく子供っぽい。

「鷹司は行きたくないの？」

「行けねぇ」

「プロになりたくないの？」

「なりてぇよ。すぐにでもなりてぇ。けど、福岡には行けねぇ」

行かないでも、行きたくないでもなく、行けないのだと鷹司は言った。

「みんなに行け行けって言われて、なんか邪魔にされてるみたいで気分悪い。普通、行かないでーって一人くらい言ってくれるもんなのに。今朝うちに帰ったときなんか、うちのジジババたち寝不足の顔で言ってきやがった。頼むからタイへーに行ってくれって。それで、契約金で金返せってさ。あいつら医者のくせに金に汚いんだぜ」

「お金って…ああ、鷹司がケガさせた相手に支払ったお見舞金の話？」

さっき平石にもその話をしたところだったから、すぐにピンとくる。

「ジジババには、示談金って言われたけど」

「あははっ、そういえば、おばちゃんが前に言ってたけど、その示談金の総額で、家が一軒建てられたって」

「へぇ、結構すごいな。けど、ガキのころの話だ」

悪びれることもなく笑っている。

「お金返せって言うのは、本気じゃないと思うよ。きっと、そういうふうに言えば、勢いをつけて送り出してあげられると思ったんだよ」

「知らねぇけど、だとしたら、あいつら、インテリのくせして浅はかだ。とりあえず『バーカ、誰が返すか』って言って、机引っ繰り返しておいた」

朝の荏原家の阿鼻叫喚《あびきょうかん》の図を想像して、僕は頭が痛くなる。

「せっかくだからとか、条件がいいからとか、そんなことは言われなくてもわかってるんだ。これを断ったら、もう一生プロになれなかったとしても、俺は気持ちを曲げるつもりはねぇ。プロになるなら、絶対に地元の球団だ。譲っても関東…在京球団がいい。それがどうしても叶わねぇなら、俺は花屋になる。もうパパさんから内定もらってるんだぜ」

鷹司はしょんぼりと言った。まだ野球も始めていなかった、誰にも理解してもらえなかったころの顔をしている。ちょっと悲しそうな、ふてくされたような子供の顔だ。

「誰になんて言われたって、鷹司の人生だもん。やりたいようにやればいいよ」

一瞬、顔をくしゃくしゃっとさせてクマちゃんスマイルになったけれど、すぐに笑いが引っ込んでしまう。

「ユキが行けって言うんだ」

僕に対する文句を、僕にぐちってどうするんだろう。

「誰に言われても堪《こた》えねぇけど、ユキに言われると弱いんだ」

僕は一度、鷹司の小さな子供のような横顔を見つめてから、フェンスの向こう側に目をやる。

「こんなときばっかり、弱ったふりしてもだめ。僕がなにを言ったって、いつも鷹司は堪えないじゃないか」

「チェッ、ユキは冷てぇ。俺がこんなに好きなのに。ユキがいないとだめなのに」

そうだろうかと、首をかしげる。

僕のほうが鷹司がいないと心細いことは多い。

お肉を持ってきてもらえないし、夢見が悪くても一緒に寝てもらえない。

散々言うことを聞かされて、いやなこともたくさんされたけれど、僕だけを殴らなかった暴君がいなくなるとなったら、なんだか心細い。でも、それを口にしたら、鷹司は本当に僕のためだけに平気でチャンスを捨ててしまうだろう。

「好きでも嫌いでもないって、僕が前に言ったの覚えてる？」

「ただの幼なじみなんだろ。うっとうしい幼なじみなんだっけ」

「そうだよ、僕は鷹司のことがうっとうしくなるくらい一緒にいたんだよ。今までいろいろあったけれど、なんだかんだ言いながらもずっと一緒にいたんだ。これって、すごいことだと思わない？　さすが幼なじみだよ。少しくらい離れるのがなんだって言うのさ」

僕は鷹司が好きだし、嫌いだ。心の中には両方の気持ちがあって、ゆらゆら揺れている。いつだってそうだった。子供のころからしつこくいじくり回されて泣かされたあとでも、クマちゃんスマイルを見ているといつの間にか忘れてしまうのだ。

本当に趣味が悪くてうんざりするけれど、僕はやんちゃな鷹司のことを嫌いだと言いながらも、とても大切に思っていた。

「鷹司は離れたら僕のことを忘れてしまう？」

「馬鹿言うな」

「僕だって忘れたりしない。だから、鷹司は好きな道を選んで…、行くといいよ」

やおら立ち上がった鷹司は、何かを振り払うようにズボンの砂ぼこりを払った。

「俺、話してくる」

「うん、行ってらっしゃい」

僕はバイバイと手を振った。

鷹司の姿が見えなくなるまで手を振って、ちゃんと送り出せたのは偉かったと思う。

屋上のドアが閉まった音がしたとたん、泣けてきてしまったのは困ったけれど、見ている人はいなかったから少しの間だけひざに顔をうずめた。


「ユキ、寝てんの？　腹へってエネルギー切れたか？」

そらみみかとも思ったけれど、顔を傾けてとなりをチラッと見てみると、鷹司と目が合ってギョッとしてしまう。

すぐにひざに顔をうずめ直したけれど、僕は完全に失敗していた。しゃがんでのぞき込むようにされていたから、泣いていたのがばれてしまった。

「鷹司…早すぎない？　まさか、もう話し終わったの？」

仕方なく顔を上げる。あわてて、あちこちこすったけれど、取り繕うのは無理そうだった。

「行く前にパン買ってきてやろうと思ってさ。ユキが腹へった顔してたから。ほら、パンだ」

「ありがと」

「こっちの手も一個持て」

「ありが…」

両手に一つずつパンを持たされると、また泣けてきてしまう。

だって、しょうがない。こんなはずじゃなかったんだから。

ついさっき出ていったばかりで、そう時間がたっていない。絶対に五分くらいしかたっていないはずなのだから、思う存分悲しみに暮れている最中でも仕方なかった。予定では十五分後に立ち上がって、午後の授業を受けに行くつもりだったのに。

「もう、行きなよ」

僕は泣きべそをかきながらも立ち上がり、鷹司をせかす。せっかくさっきは偉かったのに、もう今は情けないありさまになっていた。

「ユキが一人で泣くから、やっぱ、行かない」

鷹司は立ち上がったものの、僕のそばから離れようとしなかった。

「目にゴミが入ったんだ。風が強いから」

言い訳をしたとたん、すごい力でかき抱かれた。

「鷹司？　鷹……ん……んっ…んっ…」

唇を覆われ、強く吸い付かれる。いきなりのことに抗えずにいると、舌を入れられ、すぐに深いキスになる。しつこいくらいに口の中を探られた。

「…なんで？」

熱い吐息とともに声を出す。

「ウソついたら、顔中ベロベロなめるって言ったろ。忘れたのか？」

「いつの話だよ。だって、もう僕たちは…」

もう僕たちは、キスもしないことになっている。そう約束を交わしたはずだ。

「ユキが忘れたんなら、俺も約束なんか忘れた」

「なにそれ」

「さっきユキに冷てぇこと言われてショックだったけど、うっとうしい幼なじみでいいやって思いながら、屋上までの階段上ってきたんだ。考えてみたら、今までと変わらねぇだろ。俺はずっとユキのこと好きだったし、ユキは俺のことそうでもなかったのにすげぇ優しかった。これからだって俺はユキのこと好きだし、ユキはなんとも思ってないとか、うっとうしいとかって思いながらも、俺に優しくしてくれんの。そういうの、結構好きかもしれねぇし。ユキが俺のためを思って行けって言うなら、遠くに行ってもいいのかもしれねぇって思った。でも…」

ギュッと抱きしめられる。

「…でも、ユキ、泣いてた。どうしてだ?」

僕は苦しくて身じろぎしながらも、黙っていた。

「ユキは見張ってねぇと、たまに一人で泣くんだよな。生活が大変なのに病気になったときとか、新潟のママさんと電話したあととか、腹へってるのに疲れて動けねぇときに泣くんだ」

「僕はそんな泣き虫じゃない」

鷹司に比べれば泣くほうかもしれないけれど、人前で泣かなければ泣き虫とは呼ばれないんだから。

「だから、たまにって言っただろ。たまにだから、よけいかわいそうなんだ。……だめだ、だめだ。やっぱりだめだ。ユキが腹へらして倒れてても、遠くにいたんじゃすぐにパン買ってきてやれねぇ」

「あ…パンなくなった」

手に持たせてもらったパンを、いつの間にかどこかへやってしまった。僕はあせって、鷹司の腕の中で身じろぎする。

「ああ、さっき、下に落っことしてたから、ちゃんと足元にあるぞ。心配しなくてもビニール袋に入ってるから食えるって」

食べ物を粗末にしたくなくて、拾おうとしたのだけれど、体を離してもらえない。

「俺はユキを食わせるために働くつもりなんだ。だから、遠くには行けねぇんだ。遠くで働くんなら、意味がねぇんだ」

仕送りっていう手もあるのだろうけれど、そういう意味じゃないことはわかっている。

「さっきはなんで泣いてたんだよ?」

抱きしめられたまま体を揺らされる。

僕は、今度はポーズでパンを拾おうとする。答えられない質問をする鷹司から離れたかった。

「俺がいなくなると思って、さみしくなったんだろ？　さみしくなって、泣いちゃったんだろ?」

僕は抗って、腕の中で暴れた。けれど、僕の抵抗をものともせずに抱え直され、フェンスに押し付けられてしまう。背中には鷹司の腕が回っていたから痛くなんかないけれど、そうされると、少しも動けなくなった。

「行って欲しくねぇんだろ？　俺のこと好きでしょうがねぇんだろ？」

抱きしめられて、フェンスに押し付けられたまま、ゆさゆさと揺さぶられる。

「なあ、好きって言えよ」

じれたのか、鷹司は胸で僕の体を押し潰すようにフェンスに押し付けてくる。

「苦し…」

「ユキ、言えったら」

「す…」

あまりの苦しさに耐えられなくなって、求められるままに気持ちを口にしようとしたときだった。

「荏原先輩！」

屋上の入り口のほうから平石の大きな声が聞こえ、僕は跳び上がってしまう。

「いいから。ユキ、言えよ、ほら」

驚いた僕の体を抱き直し、ギュウギュウ力を込めてくる。

「荏原先輩！　荏原先輩！　いらっしゃいませんか？　荏原先輩！　いないみたい…あっ、いました！」

「くそったれ。うっせー、来んな！」

鷹司はののしると、上向いて大声を出す。

「絶対、来んな！　邪魔すんじゃねぇ！」

怒鳴るたびにフェンスが大きく揺れた。

「あっちだ、確かに荏原の声がする」

「どこだ、どこだ」

「こっちだ」

僕は鷹司の胸に視界をふさがれて向こうがよく見えないのだけれど、何人もの声が聞こえた。平石にサンジさんに、知らない生徒の声、先生方もいるかもしれない。鷹司のことを、大勢で捜していたんだろう。

「こらっ、荏原っ、おまえはいつまでタイヘーさんをお待たせするんだ」

ドドドッと、すごい人数が押し寄せてくるのが足音でわかる。

「うるせぇっ、来るんじゃねぇー！　俺の邪魔すんなぁー！　馬鹿野郎ーっ！」

人の姿が僕の目にも映ったのだけれど、鷹司が何度目かに怒鳴った瞬間、空しか見えなくなった。

浮遊感と、急激な落下感。

老朽化していたフェンスがついに壊れて、僕たちはフェンスの枠ごと空中に投げ出されてしまっていた。

「荏原ぁーっ」

マイクを使っていないのに、人の声がエコーがかかったように聞こえるなんて驚きだ。

僕はわりと冷静だった。

青い空と白い雲、それから鷹司。ピッチャーマウンドで青空を背負っている鷹司の姿が好きだった。最期に目にするのが好きなものだなんて、悪くない。

そう思ったとたん、何故か体がクルッと回って、空が見えなくなった。

なんにしても、鷹司と一緒なら少しもこわくないのだからいい。そんなことを考えて目をつぶった僕は、あきらめるのが早すぎたみたいだった。

「イテテテ…」

鷹司の声に、僕ははっとする。目を開けると、そこは思いがけない場所だった。

僕たちは、屋上のへりの向こうに張り出した、中五階のベランダに落っこちただけだった。

僕が下になっていたはずなのに、とっさに体を入れ替えてくれたのか、鷹司が下になっている。

幸いなことに、鷹司の背中にあるフェンスがクッションになって、コンクリートへの衝突は避けられていた。

「ひ、引っかかった！　ベランダに引っかかってる！　え、荏原、もう動くんじゃない！　そこ

にいなさい！　わかったから、そんなにいやなら先方さんにはお断りするから、思い詰めるんじゃない！　もう、先生たちは決して無理強いはしないぞ！　な、荏原、わかったな？」

鷹司の担任の先生だろうか。わけのわからないことを叫んでいる。裏返った声でうるさく叫んでいないで、早く助けて欲しかった。

「わーっ、荏原先輩、動かないでぇー！　お願いだから心中なんてやめてくださいっ！　いくら浅海と離れたくないからって、死ぬことまでないんですっ！　黄金の右腕を棒に振らないでー！」

今度のは平石の声だ。悲鳴みたいな声だった。

「あいつら、なにわけわかんないこと叫んでんだ。アイテテ…ユキ、生きてるか？」

「生きてるけど、びっくりした。死ぬかと思った」

「ああ、まったくだ。それにしても、なんだこのフェンス、いきなりぶっ壊れやがって。ホントうちの学校はあちこちボロいな」

「鷹司が馬鹿力で揺さぶるからじゃないか」

「ユキがなかなか好きだって言わねぇからだ」

俺は悪くないと横柄に言われる。

「もう、本当に…」

本当に困った乱暴者だけれど。

「……好きだよ」

僕はため息とともに告白した。

好きだと言わないくらいで殺されたらたまらなかった。

「やっぱりな。そうだと思った。ユキは頑固だからなかなか言わねぇけど、実は俺にべったりだもんな」

乱暴者は顔をくしゃくしゃにして笑っている。

「なっ、僕がいつ…」

いつべったりしたのかと、文句を言おうとしたのだけれど、すぐに唇をふさがれて最後まで言えなくなってしまう。

「…んー…んー…んー」

昨夜しがみついて眠ってしまったのはたまたまなのだと、なおも反論しようとしたのだけれどできなかった。分厚い唇で覆われて、痛いくらいに唇を吸われたり、口の中に舌を入れられてべろべろなめられては、息を吸うだけで精一杯になる。

先生方や野球部の面々のわけのわからない呼びかけが続いて、まったくムードなんてない中、ねちっこいキスを延々とされていた。

その後、僕たちは心中未遂のお説教をたっぷりされることになり、人心を散り散りに乱した科で、謹慎を三日もくらってしまうことになるのだった。

保健室の一角を仕切った場所で、僕と鷹司は机を隔《へだ》てて保健医と向かい合っていた。保健医はスクールカウンセラーも兼任している、三十歳になったばかりだという物腰の柔らかな男の先生だ。

僕たちは謹慎処分の三日間、登校すると保健室に直行して、反省文を書くかたわらでカウンセリングを受けさせられている。

荏原鷹司は、どうしても恋人の僕と別れたくないばかりにタイヘーからのオファーを断りたかったが、道ならぬ恋のために多くを語れず断る理由を説明できなかった。そうこうしているうちに、まわりがどんどん話を進めてしまう。いよいよタイヘーの人事部長と会わなくてはならなくなり、思い詰めたあまり僕を伴って心中未遂事件を起こしてしまった。

…というのが学校側の解釈なのだけれど、本当のところはもちろん違う。

僕は鷹司と話をしていただけで、屋上のフェンスが壊れたのは事故だった。当然、下のベランダに落ちたのも事故だ。

この期《ご》に及んでも鷹司は面倒臭がって経緯を説明しようとしないから、僕が代わりに先生方に説明したのだけれど、なかなか納得してもらえなかった。むしろ、一生懸命説明しようとすればするほど、いいんだいいんだと同情されてしまう。どうやら、僕が鷹司をけなげにかばっているように映ってしまうらしかった。

当然のように、このことはその日のうちに家族に報告された。二人だけで学校から帰宅させてもらえずに、保護者を呼ばれてしまったのだ。

ベンツを飛ばしてきた鷹司のおじちゃんとおばちゃんは、真っ青な顔をしながら僕の頭を撫で続けてくれていた。うちのパパなんかは、花屋の売り子エプロンをしたまま走ってきて、僕たちを見た瞬間、置いて行かないでとオイオイ泣き出す始末だった。

この若い身空で僕が心中なんてするはずがない。鷹司にいたっては心中ってなんだっけと、惚《とぼ》けたことを言っているほどだ。こんな僕たちなのだけれど、理解してもらうのも今では面倒臭くなってしまっている。

ともかくも、この一件は間違った解釈のままタイヘーの人事部長にリアルタイムに説明がなされ、とりあえず鷹司の指名の話はなかったことにされた。

タイヘーに行きたくないわけじゃない。できれば行きたいけれど、事情が許さないのだと。これは本当のところだったから、鷹司もめずらしく人事部長に頭を下げていた。角《かど》を立てずに断ることができたのだけが今回の収穫だったかもしれない。

「……それについて、浅海くんはどう思っているのかい？」

保健医に問いかけられ、僕は首をかしげてしまう。

保健医は僕と同じように首をかしげ、心穏やかな様子で笑いかけてくれる。そういうふうに接するのがカウンセリングのノウハウなのかもしれないけれど、せかさずにじっと待っている。

「あっ、ユキ、また聞こえないふりだ。先生、ユキはこうやって、聞こえないふりしやがるんだぜ。困ったやつだろ？」

となりで鷹司がわざとらしくため息をついている。

この先生のことはわりと気に入ったらしく、態度や話し方が親しげだ。鷹司は優しそうな人が好きなのだと、妙に納得する。

「違うよ。今は本当に聞いてなかったんだ。別のこと考えてたから…あ、聞いてなくてすみません」

先生に謝ると、ほほ笑みながらうなずいてくれる。

「先生、質問をもう一度言ってもらえますか？」

「浅海くんがセックスの誘いを断るのだと、荏原くんから相談を受けたのだけれど、よかったら浅海くんの意見を聞かせてください」

「はぁ？」

僕はびっくりして、素っ頓狂な声を出してしまう。

「…な、なんでそんな変な相談するんだよ。先生だってそんな相談されたら困るじゃないか」

真っ赤になりながらも、となりの鷹司をキッとにらむ。

「いいえ、性の悩みはよくある相談ですよ。では、コーヒーでも入れましょうか」

先生は穏やかに言って、立ち上がった。僕が落ち着くように配慮してくれたみたいだ。

「変な相談するのやめなよ！」

僕はそっぽを向いたまま、鷹司にかみつく。

「だってさ、ユキ、あれからずっといやがりっぱなしだろ。俺の部屋にも来やしねぇし」

「あたりまえだよ。鷹司の家にはもう二度と行けない」

「なんだとっ、なんで来れねぇんだっ」

前のめりになってくる鷹司の肩を、ぐいぐい押し返す。

「昨日、魚屋さんの前でおばちゃんに会ったとき、言われたんだよ。『前々から養子縁組するつもりだったんだから、このさいお嫁さんをもらったつもりでユキちゃんをうちの子にするわ』って。もう、僕恥ずかしくて顔上げられなかったよ」

「あー、そりゃだめだな。パパさん泣くもんな。いい、いい、俺が浅海の名字になるから」

「そういうことじゃなーい。鷹司のうちには今までもすごくお世話になってたのに、あんなこと言われたら、もう僕は鷹司の家の敷居をまたげないよ」

お嫁さんだなんて言われて、平気でいられるわけがないんだから。

「まったく。そんなことでいやがってたのかよ。てっきり俺、ユキはどうしてもエッチするのがやなんだと思って悩んじまったじゃねぇか。…じゃあ、わかった。ババアにはよけいなこと言わねぇように言っとくから、ユキは気にしないでうちに来い。それで、今度こそリベンジだ。俺、これでもエッチが上手いって言われたことあるんだぞ」

ピクッと、耳が反応する。

「誰に言われたの？」

僕は真っすぐに鷹司を見つめた。

「え…………ユキに？」

長い沈黙のあと、鷹司は小首をかしげてうかがってくる。

「そう、僕が言ったって言い張るんだ。おかしいな、僕は上手い下手なんてわからないんだけれど。確かに、なんとなく慣れてるのを感じてたけどね。…上手いって言われてよかったね。さぞよかったんだろうし」

「……けど、ユキとこうなる前のことだ」

今度は開き直っている。

他の人としたことがあるんじゃないかと、薄々感じていたけれど、いざそうだとわかると平静ではいられなかった。なんだかイライラして、胸をかき毟りたくなる。

「俺はユキと楽しくやりてぇの。メロメロのグチャグチャにして、今度は絶対痛くないようにしてやるから、やろ？　な、やろ？」

「やんない」

「くそーっ、犯すぞ！」

鷹司が切れたところで、保健医の深いため息が聞こえた。

湯気の立ったマグカップを二つ、僕たちの目の前に置いてくれる。ミルクがたっぷり入ったお子様タイプのコーヒーだけれど、独特の香ばしい匂いがする。

「二人でよく話し合いなさいね」

「わかってら」

「……はい」

横柄に返事をする鷹司と違って、僕は小さくなりながらうなずく。

「お互いのことを思いやってね」

「おう」

「……はい」

「さて、これで三日間のカウンセリングはおしまいですけれど、何かあったらいつでもここに来なさいね。思い詰めてまた死にたくなったとしても、その前に先生に二人の顔を見せに来てください」

「ハハハハッ、先生面白いこと言うな」

「……はい」

ウケている鷹司のとなりで、僕はいたたまれない気分でうなずく。

僕たちはナイーブなカップルとして、学校側から見張られ続けるのが決定したらしかった。

学校からの帰り道で、鷹司は伸びをしたり跳びはねたりして自由を満喫している。三日の謹慎程度でこうなのだから、間違っても本物の犯罪者にならないよう注意してあげる必要がありそうだ。

「ようやく自由の身になったんだから、鷹司は部活行けばいいのに。今日の放課後から部活にも出ていいって、担任の先生に言われたんでしょう?」

「んー? いいさ、別に。休み休み投げたほうが腕の具合もいい」

そう言いながら、確かめるように軽くシャドーピッチングをしている。

やっぱり鷹司のフォームは綺麗だとじっと見ていると、いつの間にか目が合っていて、意味深に笑いかけられる。

「けど、あの先生ホントおかしいや。帰りがけにゴムなんかくれてんの。俺んちは病院なんだから、こんなのいくらでもチョロまかせんのにな」

僕は見ないふりをして、真っすぐ前を向く。

「今日、リベンジな」

聞こえないふりをして、そういえばと別の話をする。

「なんか最近、パパが元気ないんだ。ずっと鷹司が来なかったのは、パパのことが嫌いになったと思っているみたい。パパはママに出ていかれちゃってから、被害妄想のきらいがあるから、来ていた人が急に来なくなると不安なんだと思う。そこへきて心中未遂なんて言われて、繊細なパパには耐えられないのかも」

「つまり、今日はユキんちでやるってことだな？」

「ううん。つまり、僕は寄り道しないで帰って、パパと一緒に店番するってこと」

誘いをかわすと、鷹司にむっとされてしまう。

不機嫌そうな顔を見て、僕は少し気落ちした。

そんなに、やるやる言わなくてもいいのに。

半月前なんかは一生やらなくてもいいなんて言っていたくせに。

そのうち僕だってやる気が出るかもしれないけれど、今はまったくやる気が出ないんだもの。

とぼとぼと歩いていると、となりから大きなため息が聞こえた。

「しょうがねぇな。じゃあ、パパさんに牛肉持っていってやれよ。昨日、うちの家政婦がデパートで松坂牛のヒレを買ってきてたの知ってんだ」

「だめだよ。それは家族で食べるために買ってきてあるんでしょう。勝手に持ち出したら、それこそ家政婦さんの信用にかかわる事件だ」

「ったく、ユキは堅いんだから。じゃあ、冷凍庫に保存してある客用の牛肉ならいいだろ。そういや、うちのババア、ユキが突然来たときに出してあげるんだって前に言ってた」

その話が本当ならば、ありがたいやら申し訳ないやらで、ますます足が遠のきそうだった。

「ユキがうちで食べたことにして、パパさんに運んでやんな。きっと大喜びして、急に元気が出てくるぞ。パパさんは体が弱いからたまには肉食わしてやったほうがいいしさ」

パパが元気がないのは本当だから、そんなふうに言われると言葉に甘えたくなってくる。

「馬鹿、遠慮しないで来い。幼なじみの家に遠慮してどうすんだ」

少し強引に言ってくれるのが嬉しかった。おずおずと笑いかけると、よしっと、うなずかれる。先導でもするように急に歩調を速める鷹司を追いかけ、僕は速足で鷹司の家に向かった。


夕方の鷹司の家には人がいない。家政婦さんは夕食を作り終えると五時ごろに帰っていく。それから八時に鷹司の両親が病院から帰ってくるまでは、大きな家はもぬけの殻《から》になるのだった。

「本当に今日は誰もいない？」

鷹司の家のことはわかっているのだけれど、念のため確認する。お肉をもらいに来たなんて、あまりにも図々しかったんじゃないかと、ちょっと気が引けていた。

「サボってでもいなけりゃ、いるわけねぇ」

「ああ、なんだ。声が聞こえると思ったら、うちの暴れん坊か」

玄関のドアを開けると、すぐ目の前に鷹司のおじちゃんが白衣姿で立っていたから、僕はびっくりしてしまう。

「お帰り、ユキちゃん」

子供にするように少しかがまれ、ニッコニコに笑いかけられる。

「お、おじちゃん、こんにちは。お邪魔します」

予想していなかったので、あわてながらあいさつをする。

「なんだよっ、なんでおやじがいんだよっ、仕事サボッてんなっ」

いきなり怒り出した鷹司に、おじちゃんはやれやれと肩をすくめる。

「鷹司もお帰り。おまえは、いつも怒っててしようがないな。…いくら仕事が忙しくても、お父さんは、ごはんくらい家で食べたいのさ」

「いつもは八時ごろじゃねぇか」

「今日は急患が次々に入ってきて大変だったから、こんな時間に昼食だ」

「要領悪ぃだけなんじゃねぇの」

鷹司は、イライラと悪態をつく。

昔からこの家の親子関係は決してよくない。特に父子関係はよくない。鷹司に言わせると気が合わないらしいけれど、鷹司と気が合う人のほうが少ない気もする。

より鷹司がやんちゃだった子供時代、注意をされてはお膳を引っ繰り返し、お説教をされては殴りかかるという具合で、親子のコミュニケーションなんて取りようもなかったのだ。

そんな繰り返しの日々の中、僕はときどき、おじちゃんとおばちゃんに仲立ち係に任命されていた。だから、鷹司より僕のほうが、二人とたくさん話をしてきたように思う。

「今ごろお昼ごはん？　もう三時すぎてるのに、おじちゃん、かわいそう！」

いつものようにギスギスした雰囲気をフォローするつもりで口を挟んだのだけれど、腹ぺこのつらさがわかるだけに、なんてかわいそうなんだと感情移入が激しくなった。

「もう食べた？　まだ？　早く食べたほうがいいよ。僕、よかったらお茶を入れようか？」

「ユキッ、そんなサービスしてやることねぇぞ」

「なに言ってるの。おじちゃん、腹ぺこなんだよ、かわいそうじゃないか」

「かわいそうなもんか、大変だって言ったって、うちには命に別状があるような急患は入らねぇんだ。おやじはどうせ腹ん中じゃ、いっぱい患者が来て、儲かってウハウハだとか思ってんだぜ。ほらっ、ユキ、先に部屋行くぞ。おやじがいたんじゃ、邪魔でキッチンに入れねぇ」

鷹司は怒ったように、足を踏み鳴らして廊下を進んでいく。

「おじちゃん、ごめんなさい。ウハウハだなんて、気を悪くした？　鷹司は本気で言ったんじゃないんだけれど…でも、この間、契約金でお金返しなさいって言われたのを根に持っちゃったみたい。おじちゃんたちの親心が伝わらなかったみたいなんだ」

僕は、おじちゃんと鷹司の両方をフォローする。

「ああ、あのことか。…いや、ごめんユキちゃん、おじちゃん狙ってたよ。鷹司の契約金でレントゲンの機械新しくしようと思ってたんだ。うちの奥さんは、車を新しくしようと思ってたようだ」

ハハハッと笑っているから、僕は引っ繰り返りそうになる。

お金を返せと言ったのは、プロ野球選手になるよう鷹司を後押しする言葉だと思っていたけれど、ちょっと違ったかもしれない。

この親子は、マイペースな性格がそっくりなのだということを、うっかり忘れていた。

「おじちゃん、レントゲンと車の話は、今は鷹司には言わないほうがいいと思う。鷹司はこのごろお金に関心を持ってるみたいだから、契約金を狙われているのを知ったら、家庭内暴力の嵐が巻き起こるかもしれない」

「それは大変だ。鷹司は物にもお金にも関心がないと思っていたけど、少し考え直さなければならないか」

「うん、今は関心があるみたい。でも、将来、プロ野球選手になって実際にお金が手元に入ってきたら、また関心がなくなるんじゃないかな。そうしたら、レントゲンと車は頼めば買ってくれると思うんだ。僕、頼んでみるよ」

「そうか。じゃあ、ユキちゃんに、任せたよ。鷹司のことはユキちゃんに任せておけば安心だ」

おじちゃんはニコニコニコーッと笑った。

あまり頼りにされるのもどうかと思うけれど、とりあえず波乱の芽をつめたかと、僕もほっとして笑い返す。

「ユキ！　いつまで話してんだ！」

「今行くー。…じゃあ、おじちゃん、ごはん食べて、お仕事頑張ってね」

行き過ぎてから、ふと振り返る。

「この間は、心配かけてごめんなさい」

「ああ、ユキちゃんも鷹司も、ケガがなくてよかったね」

おじちゃんは、大きくうなずいてくれる。外科医らしい台詞なのか、親心なのか、微妙なところは僕にはわからなかったけれど。


僕はまんまと罠にはまったんだろうか。

鷹司の部屋に着いてから、牛肉のプレゼントが口実だったことにようやく気づき始める。

部屋に入るなり、鷹司に抱き上げられて、ベッドに運ばれればいやでも罠にはまったことに気づいてしまう。

僕は唇を覆われながら、牛肉で釣られてしまった自分を深く反省していた。

「……ん……や…」

ベッドに降ろされ、覆いかぶさるように抱きしめられる。

キスよりも押し倒されているのがいやで、僕は鷹司の首を絞めて、ぐいぐいと押し返していた。

「う…こらっ、なにやってんだ、苦しいだろ」

手をつかまれてしまい、首からどけさせられる。

「俺につかまりたいなら、背中に回せ」

一度は背中に回させられたけれど、やっぱりいやで、鷹司の下から抜け出そうとする。

どうにか体を回転させて腹ばいになっても、背中に覆いかぶさられ、うなじに口をつけられて吸われてしまう。

「やだってばっ、今日はやんないっ」

身をすくめるようにして、いやいやと頭を振る。

「ユキ、マジでやなのか？　どうしても、俺としたくねぇのか？　痛いのがトラウマになっちまったかな」

困った声を出されてしまう。

どうしてもしたくないわけじゃない。ただ、積極的にしたくないだけだ。もう作戦を遂行していたころとは違う。何かよっぽどのことでもない限り、したくない。あんな痛いことはいやだし、何度してもなんだかやっぱりこわかった。

「鷹司はプラトニックでもいいって言ってた。忘れたの？」

腹ばいになりながら、くぐもった声を出す。

「忘れちゃいねぇけど、ユキとやるのすげぇいいから、もったいねぇもん。そりゃ、ユキを痛くさせてかわいそうだったけど、あれは、ユキがせかしたからじゃねぇか。かわいい声でせかされたら、俺だってたまんねぇって。痛くないようにしてやろうとか、そんなの吹っ飛んじまう。作戦で煽ってたんだろうけど、まんまとはまってた」

煽った覚えはないから、首をかしげてしまう。

「あれ？　違うのか？　じゃあなんで、早くシテとか言ってたんだ？」

「早く終われるから」

「チクショーッ、絶対リベンジ。ユキのこと、メロメロのグチャグチャにしてやる」

体を引っ繰り返され、むきになって服を脱がされてしまう。抵抗しても今度はまるで効果がなく、次々とシャツのボタンを外された。上から四つ目まで外されてしまった段階で僕は抵抗するのをあきらめ、代わりにあわてて鷹司の服に手を伸ばした。自分だけ裸だと恥ずかしさが倍になる気がしていやだった。

「あっ……」

肌が露出した部分から体をついばまれ、胸にキスをされたところで、思わず声を出してしまう。

「うん？　二週間ぶりだからかな？」

ぶつぶつ言っている鷹司にしがみつく。けれど、すぐに体をはがされて、密着しすぎないように一定の距離を保たれた。そうして再びおなかや胸にキスをされる。

「鷹ちゃん、鷹ちゃ…」

「もう、いっぱい、いっぱいか？　ほんの少し胸の先っぽなめただけなのに、すげぇ敏感だな。これじゃ、乳首吸ってやるだけで達《い》けるかも」

「…ウソだよ」

「ウソじゃねぇよ。ユキは必死になると、俺のことちゃんづけで呼ぶんだ。甘えた声で『鷹ちゃん』って、気づいてたか？」

「え…あ…」

たまに、そう呼んでしまうことがあるのは気づいていたけれど、指摘されるとやたらと恥ずかしくなって、真っ赤になった。

「昔からそうだ。いつもはお澄まし顔なのに、限界超えると『鷹ちゃん』って必死になって呼ぶん…うわっ、わかったって。もう言わねぇから、殴るなよ」

「鷹司、早くしなよ。じれったいの嫌いだ」

プイと横を向いて、絶対に鷹ちゃんとは呼ぶまいと決意する。

「残念でした。今日はじれったくやるの。体熱くしてやって、後ろも念入りに慣らして痛くならねぇようにしてやる」

いつまでも怒って横を向いていると、機嫌を取るように顔中にキスされる。唇にもそっとキスされ、軽く吸われた。

唇を吸われたらそうするものだとばかり思って、唇を薄く開くけれど、鷹司はすぐには舌を入れてこなかった。

体をたどっている手のひらや指先も、やけにそっと触れてくる。もどかしいような繊細な動きなのに、そのくせ体がピクッとしてしまう部分は何度も触られる。特に乳首は念入りにいじられた。

「ん……んっ…」

さっき鷹司に言われて意識してしまったせいか、少しいじられるだけでも声が出てしまう。

「ユキ、左のほうが敏感だ、俺がいつもいっぱい触ってやってるほうだな」

左の乳首を指先で揉まれて、顔を見ながら言われる。

「そんなこと…ないもん」

「あるさ。ほら、右をこうやって揉んでやるのと、左をこうやって揉んでやるのと、どっちが感じる?」

両方の乳首を試すように少し強めに揉まれる。

「あっ…あっ…わかん…ない」

「じゃあ、わかったら教えろ。わかるまでなめてやるから」

そんなことを言い出して、本当に両方の乳首を交互になめだす。

「…あっ…ん…あっ……左…左だから…も…」

「だろ、触ってやる分だけ敏感になっていくんだぜ。だから、いっぱい触らせろよ」

「もういいっ」

「だめなの。いっぱい触ってやるんだから。あちこち触ってやるほうが、ここも気持ちよくなるぞ」

「あっ」

確かめるようにズボンの前を触られ、思わず大きな声を出してしまう。

「ここはあとでいっぱいなめて、吸い出してやるから、今は我慢な」

硬くなっているのを少し確認しただけで、すぐに鷹司の手はお尻のほうにいってしまう。

「やだっ…やっ…」

両手でお尻を揉まれ、僕はいやいやと首を振る。

口でされるのは恥ずかしくていやだけれど、はぐらかされてやんわりとお尻を揉まれるのもいやだった。

「すぐっ」

鷹司にしがみつきながら、体をこすりつけるようにして身じろぎする。

「ユキ、かわいい。すげぇ、かわいいけど、すぐはだめだ」

あやすように、唇を軽く吸われる。

「だって…」

窮状を訴えようとすると、口の中に舌が入ってきてしまう。舌で口の中を探られ、ねっとりと舌をからめられる。

体はどんどん熱くなるのに、全然先が見えない。

鷹司はただでさえいつもしつこいのに、こんなにじれったくされたら、全部が終わるまでにはどのくらい時間がかかるのかと、気が遠くなりそうだった。


長い時間をかけて、ようやく後ろに鷹司が入ってくる。

直前まで前をなめられながら、後ろを指でほぐされていたせいで、気持ちがいいのか悪いのか、わからなくなっていたのだけれど、鷹司が深く入ってくると、やっぱり苦しいばっかりになってしまう。

「あっ、やべ。入れただけで、達っちまった。我慢しすぎた」

鷹司は目をつぶって、一度大きく息をはいた。

「ウソ…」

「ウソなもんか。ユキだって、わかっただろ」

「…だって…まだ…おっきい」

一度達したあとでも、まだこんなに苦しい。

「だなぁ。このまま全然いけるや。抜かなくていいだろ？　ユキん中、気持ちいい」

本当に気持ちがいいのか、僕の中の鷹司がさらに大きくなった気がした。

「痛いか?」

「…ない…よ」

今までのようなひどい痛みはなかったけれど、僕の後ろが鷹司でいっぱいになるのが苦しい。目をギュッとつぶっていると、僕が挿入のきつさに慣れるまで、鷹司は動かないでくれた。

「ユキには、一生バックじゃやらせてもらえねぇな」

僕は何のことかわからず、はくはくと浅く呼吸をしながら鷹司と目を合わせる。

「こんな俺にしがみついてなきゃだめなんじゃ、後ろ向かせたらピーピー泣いて、それどころじゃなくなるだろう?」

「泣いたりしない」

「そうか? じゃあ…」

やっと鷹司になじんできたのに、いったん、抜かれてしまう。ブルッと体を震わせていると、体を引っ繰り返された。

「え…?」

布団にうつ伏せにされ、腰だけ持ち上げられる。そのまま後ろに鷹司を押しあてられ、僕はあせった。

これじゃ、鷹司のどこにもつかまれない。

せめて鷹司の手に触りたくて、僕は手を必死に伸ばした。

「鷹ちゃん、やだ。この格好や」

いやだと言っているのに聞いてくれずに、どんどん入ってきてしまう。

やみくもに手を求めているうちに、僕のウエストを支えている鷹司の手をようやくつかまえられた。

「や、手、手」

必死で鷹司の腕を引っ張り、胸の前までもってきて、ギュッとしがみつく。腕一本じゃどうしても心細くて、もう片方の腕も求める。

「だめだって。ユキは自分の膝で支えてらんねぇんだから、俺が腰持っててやんねぇとだめだろ。俺動けねぇって」

ギュウギュウしがみついても、すぐに腕を抜かれてしまう。

「やっ、やっ、もうやだ、やだよ」

僕は心細さに耐え切れなくなってしまい、めちゃくちゃに暴れた。

「馬鹿、無茶すんなって。せっかく痛くないように慣らしたのに、そんな動いたら切れるぞ」

「だって、こんなのやだっ。しがみつけないとやだっ」

僕は布団に顔をつけて、肩を震わせる。少しは我慢したのだけれど、すぐに感極まって泣き出してしまう。

「あーあ、ほら見ろ、やっぱり泣いたじゃねぇか。わかったから、泣くなって。そっち向きはやなんだな」

鷹司はそっと体を引いて、僕の中から出ていってくれる。

僕は引っ繰り返される間もなく、自分から体をひねり鷹司にしがみついていく。

「えっ…えっ…うぇっ…意地悪だ。わかってて、意地悪した……嫌い」

嫌いだと言いながら、ギュウギュウ抱きつく。

「嫌いって言うな」

「やっ、嫌いっ。鷹ちゃんなんか、鷹ちゃんなんか…」

僕は脚まで巻き付けて鷹司にしがみつき、すんすん鼻を鳴らした。

「泣かないって言うから、ちょっと試してみただけじゃねぇか。そんなかわいそうな泣き方するなんて、ユキのほうがずるいぞ。ほら、顔上げろよ」

僕は体をよじるようにして、いやいやと抗った。また後ろを向かされてしまわないかと、心配で仕方がなかった。

「もうバックじゃやんねぇから、ほら約束のチューだ」

「…やだ、嫌い」

「もう、やんねぇから」

「……絶対？」

「ああ、絶対だ。ユキが好きって言って、俺にチューしたら絶対やんねぇ」

僕はもぞもぞと伸び上がり、鷹司の唇にキスをする。

「好きって言うのが抜けてる」

すぐにだめ出しをされる。

「……好き」

小さく言って再びキスをすると、すぐに舌を入れられ、深いキスになった。

「ん……ふ……」

ようやく唇を解放されたときには息が上がって、体に熱がこもっていた。

「僕…僕…なんか体熱い」

「わかってる。俺もだ」

せわしなく後ろを探られ、高ぶりを押しあてられる。

鷹司は荒い息遣いを抑えるようにして、少しずつ入ってきてくれた。

「うっ…んっ……ん…」

いっぱいに入ってくると、きついし、苦しいのだけれど、満たされた感じがするから不思議だった。

僕は鷹司にしがみつき、鷹司にも抱きしめてもらう。

「俺もこっち向きが好きなんだ。ユキが俺にベッタリくっついて、ギュウギュウしがみついてくると、嬉しい」

「鷹司は嬉しいの？」

僕のほうは、いつだって不安で、すぐにこわくなってしまうから、鷹司にしがみついていないとだめだった。

「嬉しいし、気持ちいい。しがみつかれて、甘えた声で鷹ちゃんって言われると、もう、腰がとろけそうになって、すぐ達っちまう」

恥ずかしい言葉に抗議をしようと思うのだけれど、できなかった。

抱きしめられたまま小刻みに体を揺らされると、鷹司のおなかに僕自身がこすられて、何も考えられなくなってしまう。

「あっ…あっ…ん…」

前と後ろを同時に刺激される形になり、知らず知らずに声が上がっていた。

「ユキ、気持ちいいのか？　痛いばっかりじゃねぇか？」

「…なんか…なんか…中が変」

「気持ちいいのか？」

「ん……気持ち…い…」

「イクか？　もう、イク？」

「や…鷹ちゃ…やらしいこと……あっ…あ…ん…」

恥ずかしい質問には答えたくないのに、腰を動かされると、ますます恥ずかしい声が出てしまう。

「ユキ、『鷹ちゃん、好き』って言ってみな」

荒々しい息遣いで命令される。

「鷹ちゃ……好き」

「すげぇ、かわいい。たまんねぇ」

鷹司の動きが一気に早くなった。

猛々しいものを突き立てられ、こすり立てられると、あまりの気持ちのよさに目の前が真っ白になってしまう。

激しすぎる快感にこわくなって、がむしゃらにしがみついていると、鷹司が深く抱き込んでくれる。

「ユキッ、ユキッ、ユキッ」

「あっ…あっ…あぁっ…鷹ちゃん。鷹ちゃ…っー」

僕はきつく抱かれながら、ビクビクと体を震わせて達していた。ほとんど同時に、奥深くに放たれる。

何度も抱き合っていたのに、初めて鷹司と結ばれたような、甘ったるい喜びが体中に広がっていった。

次の日の昼休み、僕は鷹司を誘ってグラウンドへ出た。

屋上は心中未遂事件（誤解）以来、立ち入り禁止になっているので、外の空気の吸える広々とした場所というとグラウンドしかない。

特に目的もなくぶらぶらと歩くことに鷹司は何も言わないけれど、ただ、僕のとなりにぴったりと張り付いて、決して手が届かない場所へは行こうとしなかった。

昨夜きりがないくらい抱き合って、最後に僕は気を失うように眠ってしまったから、無茶をしたんじゃないかと心配しているみたいだった。

まだ腰がだるくて、後ろに鷹司が入っているみたいな感じがするのだけれど、それは口にしなかった。鷹司を感じるなんて言ったら、心配するどころか、喜びそうな気がしたから。

「野球しようよ」

あまり気遣われるのもうっとうしくて、僕はグラウンドに転がっているバットを拾った。五時間目にどこかのクラスが体育で使うのか、道具が一式そろっていた。

「…大丈夫か？」

「野球くらいできるよ。鷹司、勝負だ」

バットをかまえて見せると、甘やかすような笑顔を返される。

「しょうがねぇなぁ」

鷹司は笑いながらバケツに入っていたボールを手に取ると、何かを思いついたように顔を上げ、大声を出した。

「サンジー！」

グラウンドの端でサッカーをやっていたサンジさんを、一声で呼び付けてしまう。

「なんだぁ？　荏原、投げんのか？　昼休みなのに熱心だなぁ」

サンジさんはそんなふうにからかいながらも、すぐにキャッチャーの用具を選んで地面から拾い上げている。

「マスクはいらねぇ。ミットだけよこせ」

「荏原ぁ、俺を殺す気なのか？」

「違う違う。ユキが俺と野球ごっこしたいんだってさ。俺が投げたらユキなんか掠りもしねぇから、ユキがピッチャー、俺がキャッチャー、サンジがバッターだ」

「そうか、なるほど。ユキちゃんがピッチャーならマスクはいらないな」

サンジさんは、うんうん、うなずいているけれど、僕はむうっと、鷹司をにらんだ。

「馬鹿にして。野球くらい僕だってやったことあるんだから」

「ユキは、ゴムボールでしかやったことねぇだろ」

鷹司に図星をつかれて、僕はさらにプンプン怒りながら、マウンドに上る。

「おぉー、ユキちゃん腕を振り回したりして、なんか勇ましいぞ。荏原、俺、本気で打っていいの？」

「ああ、ホームラン打ったれ」

バッターボックスに入ったサンジさんと、キャッチャーをしている鷹司が、大きな声で会話をしている。

きっと、二人とも、わざと僕に聞こえるように話をしているんだ。

僕は二人ともをにらみつけてから、両腕を頭の後ろまで振り上げ、オーバーハンドのかまえを取る。けれど、右足を上げたとたん、あれっと首をかしげてしまう。

「ボークッ！　ユキちゃん投手、一度はかまえましたが、投げられません。いきなりボークです！」

サンジさんが、笑いをこらえながら解説してくる。

「アッハハハハ、浅海って超バカ。右手で投げんのに、右足あげてんの。めずらしいやつ。歩くとき右手と右足同時に出すやつくらい、マヌケだぞ」

いつの間にか野球部員が数人集まっていて、その中から平石が野次を飛ばしてくる。

鷹司は一応しかめっ面をしているものの、その実、笑うのをこらえたような顔で近寄ってこようとする。

「ユキ、投げる手と逆の足を上げてだな…」

「わかってるよ。来なくていいったら。ちょっと間違えただけだ。いくよ！」

頭に血が上ったのを抑えるように、何度か大きく深呼吸する。

ええと、左足を上げるんだっけ。あっ、そうか、鷹司の真似をすればいいんだ。

まずは右手を腰にあてる。姿勢を正して、斜にかまえて、サインはないからうなずいたふりをする。そうして腕を頭の後ろまで振り上げ、左足を上げて、右手を振り下ろす。

「ストライクッ、ナイスカーブだ！」

鷹司が笑いながら、返球してくる。

違うのに。ストレートを投げたつもりなのに、やっと届くくらいだったから、ナチュラルにボールが落ちてカーブになってしまったんだ。

「おおーっ、ユキちゃん、いっちょ前に鷹司の真似して。かわいいこと」

やんや、やんや、とサンジさんに冷やかされながらも、僕は二球目を投げる。

またカーブ気味になったボールを、軽い振りでカキーンッと打ち返されてしまう。

「あーっ」

僕は、叫びながら振り返る。

打ち返されたボールは空に吸い込まれるようにして、防御ネットも壁も越えて道路のほうへ行ってしまった。

ガクッとしていると、鷹司はキャッチャーミットを近くで見ていた二年生キャッチャーに投げ付けた。

「ユキ、ピッチャー交替だ。俺がリベンジしてやる」

「やだ。鷹司は教えてくれればいいの。ストレートを投げたいのに、なんかカーブかかっちゃうんだよ」

「あれ、カーブ投げたんじゃねぇの？　だっておまえ、さっきのカーブの握りだったぞ」

「カーブの握り？」

「こうやって握ってたろ」

鷹司はカーブの握りを見せてくれる。

「ストレートは、人差し指と中指の間をそんなに開けないで、もっと指をくっつける。投げてみろ」

僕は右手に腰をあて、キャッチャーに向かってうなずき…。

「初めから真似しなくていいって。サインもないのに、誰にうなずいてるんだ」

「いいの。こうしないとわからなくなっちゃうんだから、黙ってて」

一連の動作で投げてみると、威力はまったくないけれど、真っすぐにミットに入った。

「やった！」

鷹司を見上げると、大きくうなずいてくれる。

「よし、次は俺がサンジをやっつけるから、あっちでみんなと一緒に見てろ。ファールボールが来たら、誰かを盾《たて》にしてよけるんだぞ」

僕は言われたとおり、指定された場所にトコトコと向かう。

鷹司は本物の王様投法で、あっという間にサンジさんを三振に仕留めた。

歓声が上がる中、野球部員が次から次へとバッターボックスへ向かっていた。久しぶりの鷹司の全力投球を打ってみたいのだろう。

「いい気になるなよ」

いつの間にとなりにいたのか、平石にぼそりとつぶやかれる。

「え?」

「俺だって荏原先輩の真似くらいできるんだから」

「そう」

それはそうだろうけれど、僕は鷹司の真似しかできない。そう言ったら、よけいに怒られそうな気がしたから、口に出さないでおいた。

「本当にいい気になるな」

「わかったってば」

「わかってないだろ。荏原先輩に教えてもらっただけで嬉しそうな顔しやがって。そりゃあ、荏原先輩はほかのやつに教えたことなんかないけど。…浮かれた顔がむかつく」

ぶつぶつと何やらつぶやいている。

ふと首をかしげる。そうか、平石はずっと鷹司に教えてもらいたかったんだ。けれど、鷹司は人に教えたりするタイプじゃないから、不満がたまってなんだかいつもイライラしているのかもしれない。

鷹司がもう少し面倒見のよいタイプならよかったんだけれど…。

僕がそんなふうに同情しているときだった。

「あのさぁ、なに浮かれてるのか知らないけど、荏原先輩の本命は、ブラスバンド部の元部長、花島三奈さんだぞ」

「えっ。ちょっとなんの話だよ」

思いがけなくも、聞き捨てならない話に、僕は思わず平石の腕をつかんでしまう。

僕の激しい反応に平石は嬉しそうな顔を向けてくる。

「知らないのか？　先週の金曜に花島さんが荏原先輩に交際を申し込んで、その日のうちに結ばれたんだって。荏原先輩も速攻だよなぁ。やっぱり本命だからだろうなぁ」

「そんなの、ウソだよっ。だって、金曜は…」

先週の金曜は何故か鷹司の帰りが遅かったんだった。部活のあと、走り込みをしていたのだろうと思っていたのだけれど、まさか、そんな。

「ウソなもんか。花島三奈さんの妹がうちのクラスにいるだろ、妹に聞いたんだから、間違いない。金曜に家に遊びに来て、三奈さんの部屋に二時間こもってたって。…痛いな、いい加減に離せよっ」

平石に振り払われるままに、僕はよろけた。

ショックだった。それが本当だとしたら、僕は二股をかけられていたことになる。

先週まで僕とはプラトニックラブだなんて言って、純情ぶっていたくせに、裏ではちゃっかり発散してたなんて信じられない。

僕はふらふらと歩き出した。

「ユーキー、教室戻るのかー？」

すぐさま後ろから声をかけられたけれど、もう憎らしさしか感じない鷹司の声は完全に無視した。

「おいっ、ユキ、無視すんなって。ユキッ、ユキッ」

連呼されたって、返事なんかするはずがない。

「ユキッ、どうしたんだ？　具合悪ぃのか？　腹痛くなったのか？」

じれたように駆け寄られ、鷹司に腕を取られる。

「触るなっ」

じゃけんに鷹司の手を振り払っても、しつこく腕をつかまれる。

「なんだよ、急にどうしたんだよ。具合悪くなったんじゃねぇなら、どうしたって言うんだ？

ユキ、なに怒ってんだよ？」

もう一方の手であごを持たれ、鷹司のほうを向かされる。

「花島三奈さん」

僕はそれだけ言うと唇をかみしめ、プイと顔をそらす。

「ん？　あ…ち、違う。ユキ、誤解だって」

まだ名前しか言っていないのに、あわてるのがあやしかった。

「先週の金曜はお楽しみでよかったね」

「違う。違うんだって。お楽しみなんてなんもねぇよ」

「なにが違うわけ？　ネタは上がってるよ。花島さんの妹がうちのクラスにいるんだから」

「げ……。なんだよ、あの女、ケツも軽いけど口も軽いのかよ…」

言い訳するのをあきらめたのか、ぶつぶつと文句を言い始める。

僕は怒り大爆発になってしまい、めちゃくちゃに腕を振り回し鷹司から離れた。

「バカッ、絶交っ！」

「またかよー、よせって。ユキが絶交始めると、最低一カ月は続くじゃねぇか。せっかく、ラブラブになって、やりまくれると思ったのに、一カ月なんて我慢できるか」

何を考えているんだろう。絶交をしなくたって、やりまくるわけがないじゃないか。昨夜みたいに鷹司に付き合っていたら、すぐに僕は壊れてしまう。

「ユキー、よそうぜ。なあ」

図々しくも肩を抱かれそうになって、僕は激しく鷹司の腕を払いのけてやる。

「なんだよ。せっかく、さっきまでニコニコ笑っててかわいかったのに。ん？　それにしても、なんで急に怒り出したんだ？　あっ、ユキ、変な話聞いたの今さっきなんだろ？」

僕は答えるつもりもなく、キュッと唇を引き結ぶ。

「さっき、となりにいたのは徹だったな。徹のやつ…おいっ、こらぁっ、徹っ、てめぇ、こっち来いっ！」

鷹司は平石のことを、ものすごい巻き舌で呼び付けている。

「はいっ、なんですか？」

平石は、鷹司の怒鳴り声にあまりひるんだ様子もなく、嬉々としてやってきた。呼び付けられたのが嬉しそうだった。

「ユキにあることないこと吹き込んだのは、てめぇか！」

「あること、ないことなんて言いません。あること、あることです」

確信を持って言い切られ、僕は思わずギュッと目をつぶった。

一生懸命まぶたに力を込めて堪えようとしたのだけれど、少し涙がにじんでしまう。

くやしくて、情けなくて、涙も出るってものだ。

「あっ、ユキ泣くんじゃねぇ。違うんだから、おい、徹ふざけんなよ！」

「俺、ふざけてないです。荏原先輩と花島さん、お似合いですよ」

「黙りやがれっ！」

叫ぶやいなや、平石の頬をガツンッと殴りつけてしまう。歯が飛ぶくらい、力いっぱい殴りつけていた。

平石は殴られるとは思わなかったみたいで、口からだらだらと血をこぼして呆然としている。たくさん血が出て痛々しくも見えるけれど、僕がからむと鷹司はすぐに切れるのだと忠告をしたのに、聞かないからいけないんだ。

「うわーっ、なんだ、なんだ。勘弁してくれ。和気あいあいとやってたのに、いきなり暴力事件かよぉ」

あわててサンジさんが駆け寄ってくる。

「荏原ぁ、頼むって。なんか多少腹が立ったのかもしれないけど、なにもぶん殴らなくたっていいだろう。仮にも徹はかわいい後輩じゃないか」

「うるせぇっ！　なにが後輩だ！　んなもん関係ねぇ！　こいつは、ユキを泣かせやがった！変なこと言って、泣かせやがったんだ！　ユキを泣かすやつは殺す！　絶対殺してやる！」

冗談には取れない物騒な目付きに、サンジさんはもちろん、平石もギョッとしている。

「す、すみません。泣かすつもりは全然なくて。俺、浅海をいつもみたいにからかおうと思っただけで…」

そこまで聞いて、僕は目をつぶった。平石がもう一発殴られるのは、見るまでもない。

日ごろから僕をからかっていたのだと自分から告白してしまったのだから、一発くらいじゃすまないかもしれない。

「うわぁー、徹が殺されるーっ」

サンジさんの悲鳴がした。

子供のころの修羅場《しゅらば》で、何度も聞いたのと同じ悲鳴だった。

鷹司の手を握ってあげれば、とりあえず人を殴らなくなることはわかっているけれど、とてもそんな気分にはなれない。

仕方なくもう一つの方法で止めるしかないと、僕はきびすを返して歩き出した。

「ユキッ、どこ行くんだ！　ユキッ！　ユキッ！」

案の定、鷹司が付いてくる。

「ユキは俺のそばから離れるんじゃねぇっ。離れるから、泣かされたりするんだ。だから、絶交なんか取り消せ！」

興奮している鷹司に、わけのわからない台詞で怒鳴られるのは、いつものことだったけれど、いつもみたいにはおとなしくしていられなかった。

「いやだ！」

「逆らうな！　絶交なんて許さねぇぞ！　今すぐ取り消せ！」

鷹司の両手がグーになっているから、本当に怒っているのかもしれない。だけど、怒っているのは僕も一緒だ。

「殴るなら、殴ればいい！」

僕はかみつくようにして、叫び返した。

鷹司は顔を真っ赤にして握った拳をブルブル震わせているけれど、腕を振り上げようとはしなかった。

「チクショーッ、殴るかっ」

「だったら謝れ！　鷹司はいつも謝らないんだ。無理やりいろいろしたときも、浮気した今だって、全然謝ろうとしない。昔からそうだった。いつもいつもそうだった！」

「なんだとっ、俺は浮気なんかしてねぇぞ」

「花島さんのことは…」

「やってねぇっ。やりかけたけど、やれなかった。いくら誘いかけられても、俺はユキとしかできねぇ体になったんだ」

鷹司はどうだとばかりにふんぞり返っている。

僕はあぜんとして、言うべき言葉が見つからなくなる。

やりかけたなら同じなのに、僕としかできないなんて言われたら、頭が真っ白になって怒れなくなる。

ぼうっとしている間に、さらに言い募られる。

「俺がなにを謝るんだって？　無理やりチューしたことか？　無理やり犯《や》ったことか？　カギ閉め忘れてサンジたちに見せびらかしたことか？　女とやりかけて、やれなかったことか？　ハッ、誰が謝るか！　俺がユキを好きになったことのどこがいけねぇんだ！　謝るわけがねぇだろっ！」

僕は言葉に詰まってしまう。

鷹司はずるい。いつも逆切れしてずるい。

そうしたら、僕は最後の切り札を出すしかなくなってしまう。

「やっぱり、絶交する」

「なにおうっ、絶対に絶交はしねぇぞ。これから先、二度と絶交はしねぇ。絶交している間にユキになんかあったらどうするんだ。俺が見張ってなけりゃ、ユキなんか、危ない目に遭うに決まってる。俺がとなりにいなきゃ、ユキはかわいいから変なやつに声かけられるに決まってる。変なやつに変なことされたらどうすんだ」

「なにそれ。僕が変なやつにフラフラ付いていくわけないじゃないか」

「わかんねぇ。ユキはしっかりしてるけど、腹ぺこのときに食いもんにつられて、付いていかねぇとも限らねぇ。もしも悪いやつにたぶらかされて、傷物にされたらどうするんだ。そのくせユキはガッツだけはあるから、傷物にされたら復讐しようなんて、変な考え起こすかもしれねぇ。ユキは、たまに変なんだから」

「僕は変じゃないもんっ」

「変じゃねぇか。ついこの間だって、俺に復讐するために変な作戦立てて失敗したじゃねぇか。あれがもし、ほかのやつだったらと思うと、俺はもう、もう……だめだ、だめだ。ユキの初めては、みんな俺がするんだ。生まれたときの初泣きだって立ち会ったし、初立っちは俺が支えてやったし、初歩きのときは俺のところに来させた。もちろん、最初にしゃべった言葉は『ター』だ。鷹司のターだ。俺が教えたんだ」

「なに言ってんの？」

何を言い出すのかと、僕はポカンとしてしまう。

「ユキが初めて夢精して泣きべそかいてたときはパンツ洗ってやったし、オナニーも俺が教えてやって、初めてのときは目の前で見てやった。初チューは赤ん坊のころしまくったけど、舌の使い方はこのごろ少しずつ教えてやってる。初エッチは、長いこと待ってやってやっぱ俺がした。こわがってたけど、すげぇ、かわいかった。…これからだって、ずっとそばにいてやって、ユキが初めてすることは、みんな俺が一緒にしてやるんだ。ユキの初めては全部俺のもんなんだからな！」

乙女チックなんだか、セクハラなんだか、わけのわからないことを言われる。

僕は真っ赤になったり、真っ青になったりしながら、最後にはあきれ返って言葉を失ってしまう。

独占欲というより、もうフェチだ。鷹司は僕フェチだ。

「だから、とにかくユキは俺のそばにいなきゃだめなんだ。絶交しないって言え。言わないなら、みんなの前でチューするぞ！」

公衆の面前でキスをするなんて、二度とごめんだった。

絶対にいやだから、プイと鷹司の腕をかいくぐろうとしたのだけれど、取っ捕まえる勢いで抱かれてしまう。

ギューッと抱きしめられ、あまりの苦しさに僕はジタバタする。

「わーっ、今度はユキちゃんが、取っ捕まってる。ユキちゃん、逃げろ、逃げろ」

遠巻きにしている野球部員から声がかかるものの、誰も助けには来てくれない。仕方がないから僕は鷹司の魔の唇から自力で逃げていた。

力業でくる鷹司に、僕は腕でブロックをして頑張る。そうこうしているうちに、業《ごう》を煮やしたのか、抱きしめられたまま、ぐるぐるとその場を回り始めた。

「クソーッ、ユキが目を回してる間に、チューしてやる」

信じられないことを言いながら、さらにぐるぐる回られる。

そうして、目が回ってふらふらになったところで、本当に鷹司の顔が近づいてきてしまう。

避けようもなく、唇を重ねられる。

「ギャー、やられたー！　誰か、ユキちゃんを助けに行ってやれ！」

「行けないっすよ、荏原先輩に殴る蹴るされたらどうするんです。サンジ先輩行ってください」

「俺は無理。大学入学前の大切な体なのに、荏原に壊されたらどうすんだ」

薄情だ。みんないつだって薄情だった。振り返ってみても、鷹司の生け贄《いにえ》はいつも僕だった。

クマちゃんめ。

言いたい放題、やりたい放題なんて、許さないんだから。

僕は怒りに燃えながら、必死の思いで唇から逃れ、クルクル回る空に宣言した。

「絶交！　絶対、絶交！」

「だめだ、だめだ、だめだっ、大事にしてやるから、観念しろっ！」

再びブチューッとキスされてしまい、今度はいくらジタバタしても唇から逃れることはできなかった。

僕の初めては今のところ鷹司に持っていかれてるみたいだけれど、そうそう人生がうまくいかないことを思い知らせてやる。例えば、初めての浮気とかはどうだろう。くやしがって、鷹司がギャフンと言うかもしれない。

ねちっこいキスをされながら、いつか独り立ちする日を夢見ていた。

SHY NOVELS

チェリッシュ

SHY NOVELS65

篠 稲穂 著

INAHO SHINO

ファンレターの宛先

〒102-0073 東京都千代田区九段北4-3-10トリビル2F
大洋図書市ヶ谷編集局第二編集局SHY NOVELS
「篠 稲穂先生」「門地かおり先生」係

皆様のお便りをお待ちしております。

初版第一刷2002年3月15日

発行者	山田章博
発行所	株式会社大洋図書
	〒162-8614 東京都新宿区天神町66-14-2大洋ビル
	電話03-5228-2881(代表)
	〒102-0073 東京都千代田区九段北4-3-10トリビル2F
	電話03-3556-1352(編集)
イラスト	門地かおり
編集	宇都宮ようこ
デザイン	K.Izumi
カラー印刷	小宮山印刷株式会社
本文印刷	三共グラフィック株式会社
製本	有限会社野々山製本所

ISBN4-8130-0884-4